Vicente Blasco Ibáñez

La condenada

Barcelona **2024**
Linkgua-ediciones.com

Créditos

Título original: La condenada

© 2024, Red ediciones S.L.

e-mail: info@Linkgua-ediciones.com

Diseño de cubierta: Michel Mallard.

ISBN tapa dura: 978-84-1126-146-3.
ISBN rústica: 978-84-9953-198-4.
ISBN ebook: 978-84-9953-197-7.

Sumario

Brevísima presentación

La vida
Vicente Blasco Ibáñez (1867-1928). España.

Nació en Valencia el 29 de enero de 1867. Estudió Derecho pero no ejerció esa profesión y se dedicó a la política y la literatura.

Con veintiún años se inició en la Masonería el 6 de febrero de 1887 y adoptó el nombre simbólico de Danton en la Logia Unión n.º 14 de Valencia y después en la logia Acacia n.º 25.

Allí recibió el encargo del presidente Raymond Poincaré de escribir una novela sobre la guerra: *Los cuatro jinetes del Apocalipsis* (1916), que fue un auténtico éxito de ventas en los Estados Unidos.

Blasco Ibáñez murió en Menton (Francia) el 28 de enero 1928.

La condenada trata temas varios con un estilo realista. Entre los relatos destaca el que da título al libro, que termina con la reacción de una mujer, al saber que su marido ha sido indultado, y condenado de por vida a presidio en Ceuta. También vale destacar «Venganza Moruna», un cuento negro en todo el sentido del término, en que una familia cree haber redimido a uno de los suyos.

La condenada

Catorce meses llevaba Rafael en la estrecha celda.

Tenía por mundo aquellas cuatro paredes, de un triste blanco de hueso, cuyas grietas y desconchaduras se sabía de memoria; su Sol era el alto ventanillo cruzado por hierros que cortaban la azul mancha del cielo; y del suelo de ocho pasos apenas si era suya la mitad, por culpa de aquella cadena escandalosa y chillona, cuya argolla, incrustándosele en el tobillo, había llegado casi a amalgamarse con su carne.

Estaba condenado a muerte, y mientras en Madrid hojeaban por última vez los papelotes de su proceso, él se pasaba allí meses y meses enterrado en vida, pudriéndose, como animado cadáver, en aquel ataúd de argamasa, deseando, como un mal momentáneo que pondría fin a otros mayores, que llegase pronto la hora en que le apretaran el cuello, terminando todo de una vez.

Lo que más le molestaba era la limpieza; aquel suelo barrido todos los días y bien fregado, para que la humedad, filtrándose a través del petate, se le metiera en los huesos; aquellas paredes, en las que no se dejaba tener ni una mota de polvo. Hasta la compañía de la suciedad le quitaban al preso. Soledad completa. Si allí entrasen ratas, tendría el consuelo de partir con ellas la escasa comida y hablarlas como buenas compañeras; si en los rincones hubiera encontrado una araña, se habría entretenido domesticándola.

No querían en aquella sepultura otra vida que la suya. Un día, ¡cómo lo recordaba Rafael! un gorrión se asomó a la reja, cual chiquillo travieso. El bohemio de la luz y del espacio piaba como expresando la extrañeza que le producía ver allá abajo aquel pobre ser amarillento y flaco, estremeciéndose de frío en pleno verano, con unos cuantos pañuelos anudados a las sienes y un harapo de manta ceñido a los riñones. Debió asustarle aquella cara angulosa y pálida, con una blancura de papel mascado; le causó miedo la extraña vestidura de piel roja y huyó, sacudiendo sus plumas como para librarse del vaho de sepultura y lana podrida que exhalaba la reja.

El único rumor de vida era el de los compañeros de cárcel que paseaban por el patio. Aquéllos al menos veían cielo libre sobre sus cabezas, no tragaban el aire a través de una aspillera; tenían las piernas libres y no les faltaba con quien hablar. Hasta allí dentro tenía la desgracia sus gradaciones. El eterno descontento humano era adivinado por Rafael. Envidiaba él a los del patio, considerando su situación como una de las más apetecibles; los presos envidiaban a los de fuera, a los que gozaban libertad, y los que a aquellas horas transitaban por las calles tal vez no se considerasen contentos con su suerte, ambicionando ¡quién sabe cuántas cosas!... ¡Tan buena que es la libertad!... Merecían estar presos.

Se hallaba en el último escalón de la desgracia. Había intentado fugarse perforando el suelo en un arranque de desesperación, y la vigilancia pesaba sobre él incesante y abrumadora. Si cantaba, le imponían silencio. Quiso divertirse rezando con monótono canturreo las oraciones que le enseñó su madre, y que solo recordaba a trozos, y le hicieron callar. ¿Es que intentaba fingirse loco? ¡A ver, mucho silencio! Le querían guardar entero, sano de cuerpo y espíritu, para que el verdugo no operase en carne averiada.

¡Loco! No quería serlo; pero el encierro, la inmovilidad y aquel rancho escaso y malo acababan con él. Tenía alucinaciones; algunas noches, cuando cerraba los ojos molestado por la luz reglamentaria, a la que en catorce meses no había podido acostumbrarse, le atormentaba la estrafalaria idea de que, durante el sueño, sus enemigos, aquellos que querían matarle y a los que no conocía, le habían vuelto el estómago del revés. Por esto le atormentaban con crueles pinchazos.

De día, pensaba siempre en su pasado, pero con memoria tan extraviada, que creía repasar la historia de otro.

Recordaba su regreso al pueblecillo natal, después de su primera campaña carcelaria por ciertas lesiones; su renombre en todo el distrito, la concurrencia de la taberna de la plaza admirándole con entusiasmo: *¡Qué bruto es Rafael!* La mejor chica del pueblo se decidía a ser su mujer, más por miedo y respeto que por cariño; los del Ayuntamiento le halagaban dándole escopeta de guardia rural, espoleando su brutalidad para que la emplease en las elecciones; reinaba sin obstáculos en todo el término; tenía a *los otros*, los del bando caído, en un puño, hasta que, cansados éstos, se ampararon de cierto valentón que acababa de llegar también de presidio, y lo colocaron frente a Rafael.

¡Cristo! El honor profesional estaba en peligro: había que mojar la oreja a aquel individuo que le quitaba el pan. Y como consecuencia inevitable, vino la espera al acecho, el escopetazo certero y el rematarle con la culata para que no chillase ni pataleara más.

En fin... ¡cosas de hombres! Y como final, la cárcel, donde encontró antiguos compañeros; el juicio, en el cual todos los que antes le temían se vengaban de los miedos que habían pasado declarando contra él; la terrible sentencia y aquellos malditos catorce meses aguardando que llegase de Madrid la muerte, que, por lo que se hacía esperar, sin duda venía en carreta.

No le faltaba valor. Pensaba en Juan Portela, en el guapo Francisco Esteban, en todos aquellos esforzados paladines cuyas hazañas, relatadas en romances, había escuchado siempre con entusiasmo, y se reconocía con tanto redaño como ellos para afrontar el último trance.

Pero algunas noches saltaba del petate como disparado por oculto muelle, haciendo sonar su cadena con triste repiqueteo. Gritaba como un niño y al mismo tiempo se arrepentía, queriendo ahogar inútilmente sus gemidos. Era otro el que gritaba dentro de él; otro al que hasta entonces no había conocido, que tenía miedo y lloriqueaba, no calmándose hasta que bebía media docena de tazas de aquel brebaje ardiente de algarrobas e higos que en la cárcel llamaban café.

Del Rafael antiguo que deseaba la muerte para terminar pronto no quedaba más que la envoltura. El nuevo, formado dentro de aquella sepultura, pensaba con terror que ya iban transcurridos catorce meses y forzosamente estaba próximo el fin. De buena gana se conformaría a pasar otros catorce en aquella miseria.

Era receloso; presentía que la desgracia se acercaba; la veía en todas partes: en las caras curiosas que asomaban al ventanillo de la puerta; en el cura de la cárcel, que ahora entraba todas las tardes, como si aquella celda infecta fuera el lugar mejor para hablar con un hombre y fumar un pitillo. ¡Malo, malo!

Las preguntas no podían ser más inquietantes. ¿Que si era buen cristiano? Sí, padre. Respetaba a los curas, nunca les había faltado en tanto así; y de la familia no habría qué decir; todos los suyos habían ido al monte a defender al rey legítimo, porque así lo mandó el párroco del pueblo. Y para afirmar su cristianismo, sacaba de entre los guiñapos del pecho un mazo mugriento de escapularios y medallas.

Después el cura le hablaba de Jesús, que, con ser Hijo de Dios, se había visto en situación semejante a la suya, y esta comparación entusiasmaba al pobre diablo. ¡Cuánto honor!... Pero aunque halagado por tal semejanza, deseaba que se realizase lo más tarde posible.

Llegó el día en que estalló sobre él como un trueno la terrible noticia. Lo de Madrid había terminado. Llegaba la muerte; pero a gran velocidad, por el telégrafo.

Al decirle un empleado que su mujer con la niña que había nacido estando él preso rondaba la cárcel pidiendo verle, no dudó ya. Cuando aquélla dejaba el pueblo, es que la *cosa* estaba encima.

Le hicieron pensar en el indulto, y se agarró con furia a esta última esperanza de todos los desgraciados. ¿No lo alcanzaban otros? ¿Por qué no él? Además, nada le costaba a aquella buena señora de Madrid librarle la vida; era asunto de echar una *firmica*.

Y a todos los enterradores oficiales que por curiosidad o por deber le visitaban, abogados, curas y periodistas, les preguntaba, tembloroso y suplicante, como si ellos pudieran salvarle:

—¿Qué les parece? ¿echará la *firmica*?

Al día siguiente le llevarían a su pueblo, atado y custodiado, como una res brava que va al matadero. Ya estaba allá el verdugo con sus trastos. Y aguardando el momento de salida para verle, se pasaba las horas a la puerta de la cárcel la mujer, una mocetona morena, de labios gruesos y cejas unidas, que al mover la hueca faldamenta de zagalejos superpuestos esparcía un punzante olor de establo.

Estaba como asombrada de estar allí; en su mirada boba leíase más estupefacción que dolor, y únicamente al fijarse en la criatura agarrada a su enorme pecho derramaba algunas lágrimas.

¡Señor! ¡Qué vergüenza para la familia! Ya sabía ella que aquel hombre terminaría así. ¡Ojalá no hubiese nacido la niña!

El cura de la cárcel intentaba consolarla. Resignación: aún podía encontrar, después de viuda, un hombre que la hiciese más feliz. Esto parecía enardecerla, y hasta llegó a hablar de su primer novio, un buen chico, que se retiró por miedo a Rafael, y que ahora se acercaba a ella en el pueblo y en los campos como si quisiera decirla algo.

—No; hombres no faltan —decía tranquilamente con un conato de sonrisa—. Pero soy muy cristiana; y si cojo otro hombre, quiero que sea como Dios manda.

Y al notar la mirada de asombro del cura y de los empleados de la puerta, volvió a la realidad, reanudando su difícil lloro.

Al anochecer llegó la noticia. Sí que había *firmica*. Aquella señora que Rafael se imaginaba allá en Madrid con todos los esplendores y adornos que el Padre Eterno tiene en los altares, vencida por telegramas y súplicas, prolongaba la vida del sentenciado.

El indulto produjo en la cárcel un estrépito de mil demonios, como si cada uno de los presos hubiera recibido la orden de libertad.

—Alégrate, mujer —decía en el rastrillo el cura a la mujer del indultado—. Ya no matan a tu marido: no serás viuda.

La muchacha permaneció silenciosa, como si luchara con ideas que se desarrollaban en su cerebro con torpe lentitud.

—Bueno —dijo al fin tranquilamente—. ¿Y cuándo saldrá?

—¡Salir!... ¿Estás loca? Nunca. Ya puede darse por satisfecho con salvar la vida. Irá a África, y como es joven y fuerte, aún puede ser que viva veinte años.

Por primera vez lloró la mujer con toda su alma; pero su llanto no era de tristeza, era de desesperación, de rabia.

—Vamos, mujer —decía el cura irritado—. Eso es tentar a Dios. Le han salvado la vida, ¿lo entiendes? Ya no está condenado a muerte... ¿Y aún te quejas?

Cortó su llanto la mocetona. Sus ojos brillaron con expresión de odio.

—Bueno: que no lo maten... Me alegro. Él se salva, pero yo, ¿qué?...

Y tras larga pausa, añadió entre gemidos que estremecían su carne morena, ardorosa y de brutal perfume:

—Aquí la condenada soy yo.

Primavera triste

El viejo *Tòfol* y la chicuela vivían esclavos de su huerto, fatigado por una incesante producción.

Eran dos árboles más, dos plantas de aquel pedazo de tierra —no mayor que un pañuelo, según decían los vecinos—, y del cual sacaban su pan a costa de fatigas.

Vivían como lombrices de tierra, siempre pegados al surco, y la chica, a pesar de su desmedrada figura, trabajaba como un peón.

La apodaban la *Borda*,[1] porque la difunta mujer del tío *Tòfol*, en su afán de tener hijos que alegrasen su esterilidad, la había sacado de la Inclusa.[2] En aquel huertecillo había llegado a los diecisiete años, que parecían once, a juzgar por lo enclenque de su cuerpo, afeado aun más por la estrechez de unos hombros puntiagudos, que se curvaban hacia fuera, hundiendo el pecho e hinchando la espalda.

Era fea: angustiaba a sus vecinas y compañeras de mercado con su tosecilla continua y molesta, pero todas la querían. ¡Criatura más trabajadora!... Horas antes de amanecer ya temblaba de frío en el huerto cogiendo fresas o cortando flores; era la primera que entraba en Valencia para ocupar su puesto en el mercado; en las noches que correspondía regar, agarraba valientemente el azadón, y con las faldas remangadas ayudaba al tío *Tòfol* a abrir bocas en los ribazos, por donde se derramaba el agua roja de la acequia, que la tierra sedienta y requemada engullía con un *glu-glu* de satisfacción, y los días que había remesa para Madrid, corría como loca por el huerto saqueando los bancales, trayendo a brazadas los claveles y rosas, que los embaladores iban colocando en cestos.

Todo se necesitaba para vivir con tan poca tierra. Había que estar siempre sobre ella, tratándola como bestia reacia que necesita del látigo para marchar. Era una parcela de un vasto jardín, en otro tiempo de los frailes, que la desamortización revolucionaria había subdividido. La ciudad, ensanchándose, amenazaba tragarse al huerto con su desbordamiento de casas, y el tío

---

1   Significa hija ilegítima. (N. del E.)
2   Casa de acogida para niños abandonados. (N. del E.)

Tòfol, a pesar de hablar mal de sus terruños, temblaba ante la idea de que la codicia tentase al dueño y los vendiese como solares.

Allí estaba su sangre; sesenta años de trabajo. No había un pedazo de tierra inactiva, y aunque el huerto era pequeño, desde el centro no se veían las tapias, tal era la maraña de árboles y plantas: nispereros y magnolieros, bancales de claveles, bosquecillos de rosales, tupidas enredaderas de pasionarias y jazmines; todo cosas útiles que daban dinero y eran apreciadas por los tontos de la ciudad.

El viejo, insensible a las bellezas de su huerto, solo ansiaba la cantidad. Quería segar, las flores en gavillas, como si fuesen hierba; cargar carros enteros de frutas delicadas; y este anhelo de viejo avaro e insaciable martirizaba a la pobre *Borda*, que, apenas descansaba un momento, vencida por la tos, oía amenazas o recibía como brutal advertencia un terronazo en los hombros.

Las vecinas de los inmediatos huertos protestaban. Estaba matando a la chica; cada vez tosía más. Pero el viejo contestaba siempre lo mismo. Había que trabajar mucho; el amo no atendía razones en San Juan y en Navidad, cuando correspondía entregarle las pagas del arrendamiento. Si la chica tosía era por vicio, pues no la faltaban su libra de pan y su rinconcito en la cazuela de arroz; algunos días hasta comía golosinas: morcilla de cebolla y sangre, por ejemplo. Los domingos la dejaba divertirse, enviándola a misa como una señora, y aún no hacía un año que le dio tres pesetas para una falda. Además, era su padre, y el tío *Tòfol*, como todos los labriegos de raza latina, entendía la paternidad cual los antiguos romanos: con derecho de vida y muerte sobre los hijos, sintiendo cariño en lo más hondo de su voluntad, pero demostrándolo con las cejas fruncidas y alguno que otro palo.

La pobre *Borda* no se quejaba. Ella también quería trabajar mucho, para que nunca les quitasen el pedazo de tierra en cuyos senderos aún creía ver el zagalejo remendado de aquella vieja hortelana a la que llamaba madre cuando sentía la caricia de sus manos callosas.

Allí estaba cuanto quería en el mundo: los árboles que la conocieron de pequeña y las flores que en su pensamiento inocente hacían surgir una vaga idea de maternidad. Eran sus hijas, las únicas muñecas de su infancia, y todas las mañanas experimentaba la misma sorpresa viendo las flores nuevas que surgían de sus capullos, siguiéndolas paso a paso en su crecimiento, desde que, tímidas, apretaban sus pétalos como si quisieran retroceder y ocultarse, hasta que, con repentina audacia, estallaban como bombas de colores y perfumes.

El huerto entonaba para ella una sinfonía interminable, en la cual la armonía de los colores confundíase con el rumor de los árboles y el monótono canturreo de aquella acequia fangosa y poblada de renacuajos, que, oculta por el follaje, sonaba como arroyuelo bucólico.

En las horas de fuerte Sol, mientras el viejo descansaba, iba la *Borda* de un lado a otro, mirando las bellezas de su familia, vestida de gala para celebrar la estación. ¡Qué hermosa primavera! Sin duda Dios cambiaba de sitio en las alturas, aproximándose a la tierra.

Las azucenas de blanco raso erguíanse con cierto desmayo, como las señoritas en traje de baile que la pobre *Borda* había admirado muchas veces en las estampas; las camelias de color carnoso hacían pensar en tibias desnudeces, en grandes señoras indolentemente tendidas, mostrando los misterios de su piel de seda; las violetas coqueteaban ocultándose entre las hojas para denunciarse con su perfume; las margaritas destacábanse como botones de oro mate; los claveles, cual avalancha revolucionaria de gorros rojos, cubrían los bancales y asaltaban los senderos; arriba, las magnolias balanceaban su blanco cogollo como un incensario de marfil que esparcía incienso más grato que el de las iglesias; y los pensamientos, maliciosos duendes, sacaban por entre el follaje sus gorras de terciopelo morado, y guiñando las caritas barbadas, parecían decir a la chica:

—Borda, Bordeta... nos asamos. ¡Por Dios! ¡Un poquito de agua!

Lo decían, sí: oíalo ella, no con los oídos, sino con los ojos, y aunque los huesos le dolían de cansada, corría a la acequia a llenar la regadera y bautizaba a aquellos pilluelos, que bajo la ducha saludaban agradecidos.

Sus manos temblaban muchas veces al cortar el tallo de las flores. Por su gusto, allí se quedarían hasta secarse; pero era preciso ganar dinero llenando los cestos que se enviaban a Madrid.

Envidiaba a las flores viéndolas emprender su viaje. ¡Madrid!... ¿Cómo sería aquello? Veía una ciudad fantástica, con suntuosos palacios como los de los cuentos, brillantes salones de porcelana con espejos que reflejaban millares de luces, hermosas señoras que lucían sus flores; y tal era la intensidad de la imagen, que hasta creía haber visto todo aquello en otros tiempos, tal vez antes de nacer.

En aquel Madrid estaba el señorito, el hijo de los amos, con el cual había jugado muchas veces siendo niña, y de cuya presencia huyó avergonzada el verano anterior, cuando hecho un arrogante mozo visitó el huerto. ¡Pícaros recuerdos! Ruborizábase pensando en las horas que pasaban, siendo niños, sentados en un ribazo, oyendo ella la historia de Cenicienta, la niña despreciada convertida repentinamente en arrogante princesa.

La eterna quimera de todas las niñas abandonadas venía entonces a tocarle en la frente con sus alas de oro. Veía detenerse un soberbio carruaje en la puerta del huerto; una hermosa señora la llamaba. «*¡Hija mía... por fin te encuentro!*», ni más ni menos que en la leyenda; después los trajes magníficos; un palacio por casa, y al final, como no hay príncipes disponibles a todas horas para casarse, contentábase modestamente con hacer su marido al señorito.

¿Quién sabe?... Y cuando más esperanzas ponía en el porvenir, la realidad la despertaba en forma de brutal terronazo, mientras el viejo decía con voz áspera:

—Arre, que ya es hora.

Y otra vez al trabajo, a dar tormento a la tierra, que se quejaba cubriéndose de flores.

El Sol caldeaba el huerto, haciendo estallar las cortezas de los árboles; en las tibias madrugadas sudaba al trabajar, como si fuese mediodía, y a pesar de esto, la *Borda* cada vez más delgada y tosiendo más.

Parecía que el color y la vida que faltaban en su rostro se lo arrebataban las flores, a las que besaba con inexplicable tristeza.

Nadie pensó en llamar al médico. ¿Para qué? Los médicos cuestan dinero, y el tío *Tòfol* no creía en ellos. Los animales saben menos que las personas, y lo pasan tan ricamente sin médicos ni boticas.

Una mañana, en el mercado, las compañeras de la *Borda* cuchicheaban mirándola compasivamente. Su fino oído de enferma lo escuchó todo. Caería cuando cayesen las hojas.

Estas palabras fueron su obsesión. Morir... ¡Bueno, se resignaba!; por el pobre viejo lo sentía, falto de ayuda. Pero al menos que muriese como su madre, en plena primavera, cuando todo el huerto lanzaba risueño su loca carcajada de colores; no cuando se despuebla la tierra, cuando los árboles parecen escobas y las apagadas flores de invierno se alzan tristes en los bancales.

¡Al caer las hojas!... Aborrecía los árboles cuyos ramajes se desnudaban como esqueletos del otoño; huía de ellos como si su sombra fuese maléfica, y adoraba una palmera que el siglo anterior plantaron los frailes, esbelto gigante con la cabeza coronada de un surtidor de ondulantes plumas.

Aquellas hojas no caían nunca. Sospechaba que tal vez fuese una tontería, pero su afán por lo maravilloso la hacía sentir esperanzas, y como el que busca la curación al pie de imagen milagrosa, la pobre *Borda* pasaba los ratos de descanso al pie de la palmera, que la protegía con la sombra de sus punzantes ramas.

Allí pasó el verano, viendo cómo el Sol, que no la calentaba, hacía humear la tierra, cual si de sus entrañas fuese a sacar un volcán; allí la sorprendieron los primeros vientos de otoño, que arrastraban las hojas secas. Cada vez estaba más delgada, más triste, con una finura tal de percepción, que oía los sonidos más lejanos. Las mariposas blancas que revoloteaban en torno de su cabeza pegaban las alas en el sudor frío de su frente, como si quisieran tirar de ella arrastrándola a otros mundos donde las flores nacen espontáneamente, sin llevarse en sus colores y perfumes algo de la vida de quien las cuida.

Las lluvias de invierno no encontraron ya a la *Borda*. Cayeron sobre el encorvado espinazo del viejo, que estaba, como siempre, con la azada en las manos y la vista en el surco.

Cumplía su destino con la indiferencia y el valor de un disciplinado soldado de la miseria. Trabajar, trabajar mucho, para que no faltase la cazuela de arroz y la paga al amo.

Estaba solo; la chica había seguido a su madre; lo único que le quedaba era aquella tierra traidora que se chupaba a las personas y acabaría con él, cubierta siempre de flores, perfumada y fecunda, como si sobre ella no hubiese soplado la muerte. Ni siquiera se había secado un rosal para acompañar a la pobre *Borda* en su viaje.

Con sus setenta años tenía que hacer el trabajo de dos; removía la tierra con más tenacidad que antes, sin levantar la cabeza, insensible a la engañosa belleza que le rodeaba, sabiendo que era el producto de su esclavitud, animado únicamente por el deseo de vender bien la hermosura de la Naturaleza, y segando las flores con el mismo entusiasmo que si segara hierba.

El parásito del tren

—Sí —dijo el amigo Pérez a todos sus contertulios de café—; en este periódico acabo de leer la noticia de la muerte de un amigo. Solo le vi una vez, y sin embargo, le he recordado en muchas ocasiones. ¡Vaya un amigo!

Le conocí una noche viniendo a Madrid en el tren correo de Valencia. Iba yo en un departamento de primera; en Albacete bajó el único viajero que me acompañaba, y al verme solo, como había dormido mal la noche anterior, me estremecí voluptuosamente, contemplando los almohadones grises. ¡Todos para mí! ¡Podía extenderme con libertad! ¡Flojo sueño iba a echar hasta Alcázar de San Juan!

Corrí el velo verde de la lámpara, y el departamento quedó en deliciosa penumbra. Envuelto en mi manta me tendí de espaldas, estirando mis piernas cuanto pude, con la deliciosa seguridad de no molestar a nadie.

El tren corría por las llanuras de la Mancha, áridas y desoladas. Las estaciones estaban a largas distancias; la locomotora extremaba su velocidad, y mi coche gemía y temblaba como una vieja diligencia. Balanceábame sobre la espalda, impulsado por el terrible traqueteo; las franjas de los almohadones arremolinábanse; saltaban las maletas sobre las cornisas de red; temblaban los cristales en sus alvéolos de las ventanillas, y un espantoso rechinar de hierro viejo venía de abajo. Las ruedas y frenos gruñían; pero conforme se cerraban mis ojos, encontraba yo en su ruido nuevas modulaciones, y tan pronto me creía mecido por las olas como me imaginaba que había retrocedido hasta la niñez y me arrullaba una nodriza de bronca voz.

Pensando en tales tonterías me dormí, oyendo siempre el mismo estrépito y sin que el tren se detuviera.

Una impresión de frescura me despertó. Sentí en la cara como un golpe de agua fría. Al abrir los ojos vi el departamento solo; la portezuela de enfrente estaba cerrada. Pero sentí de nuevo el soplo frío de la noche, aumentado por el huracán que levantaba el tren con su rápida marcha, y al incorporarme vi la otra portezuela, la inmediata a mí, completamente abierta, con un hombre sentado al borde de la plataforma, los pies afuera en el estribo, encogido, con la cabeza vuelta hacia mí y unos ojos que brillaban mucho en su cara oscura.

La sorpresa no me permitía pensar. Mis ideas estaban aún embrolladas por el sueño. En el primer momento sentí cierto terror supersticioso. Aquel hombre que se aparecía estando el tren en marcha, tenía algo de los fantasmas de mis cuentos de niño.

Pero inmediatamente recordé los asaltos en las vías férreas, los robos de los trenes, los asesinatos en un vagón, todos los crímenes de esta clase que había leído, y pensé que estaba solo, sin un mal timbre para avisar a los que dormían al otro lado de los tabiques de madera. Aquel hombre era seguramente un ladrón.

El instinto de defensa, o más bien el miedo, me dio cierta ferocidad. Me arrojé sobre el desconocido, empujándolo con codos y rodillas; perdió el equilibrio; se agarró desesperadamente al borde de la portezuela, y yo seguí empujándole, pugnando por arrancar sus crispadas manos de aquel asidero para arrojarlo a la vía. Todas las ventajas estaban de mi parte.

—¡Por Dios, señorito! —gimió con voz ahogada—. ¡Señorito, déjeme usted! Soy un hombre de bien.

Y había tal expresión de humildad y angustia en sus palabras, que me sentí avergonzado de mi brutalidad y le solté.

Se sentó otra vez, jadeante y tembloroso, en el hueco de la portezuela, mientras yo quedaba en pie, bajo la lámpara, cuyo velo descorrí.

Entonces pude verle. Era un campesino pequeño y enjuto; un pobre diablo con una zamarra remendada y mugrienta y pantalones de color claro. Su gorra negra casi se confundía con el tinte cobrizo y barnizado de su cara, en la que se destacaban los ojos de mirada mansa y una dentadura de rumiante, fuerte y amarillenta, que se descubría al contraerse los labios con sonrisa de estúpido agradecimiento.

Me miraba como un perro a quien se ha salvado la vida, y mientras tanto, sus oscuras manos buscaban y rebuscaban en la faja y en los bolsillos. Esto casi me hizo arrepentir de mi generosidad, y mientras el gañán buscaba, yo metía mano en el cinto y empuñaba mi revólver. ¡Si creía pillarme descuidado!

Tiró él de su faja, sacando algo, y yo le imité sacando de la funda medio revólver. Pero lo que él tenía en la mano era un cartoncito mugriento y acribillado, que me tendió con satisfacción.

—Yo también llevo billete, señorito.

Lo miré y no pude menos de reírme.

—¡Pero si es antiguo! —le dije—. Ya hace años que sirvió... ¿Y con esto te crees autorizado para asaltar el tren y asustar a los viajeros?

Al ver su burdo engaño descubierto, puso la cara triste, como si temiera que intentase yo otra vez arrojarlo a la vía. Sentí compasión y quise mostrarme bondadoso y alegre, para ocultar los efectos de la sorpresa, que aún duraban en mí.

—Vamos, acaba de subir. Siéntate dentro y cierra la portezuela.

—No, señor —dijo con entereza—. Yo no tengo derecho a ir dentro como un señorito. Aquí, y gracias, pues no tengo dinero.

Y con la firmeza de un testarudo se mantuvo en su puesto.

Yo estaba sentado junto a él; mis rodillas en sus espaldas. Entraba en el departamento un verdadero huracán. El tren corría a toda velocidad; sobre los yermos y terrosos desmontes resbalaba la mancha roja y oblicua de la abierta portezuela, y en ella la sombra encogida del desconocido y la mía. Pasaban los postes telegráficos como pinceladas amarillas sobre el fondo negro de la noche, y en los ribazos brillaban un instante, cual enormes luciérnagas, los carbones encendidos que arrojaba la locomotora.

El pobre hombre estaba intranquilo, como si le extrañase que le dejara permanecer en aquel sitio. Le di un cigarro, y poco a poco fue hablando.

Todos los sábados hacía el viaje del mismo modo. Esperaba el tren a su salida de Albacete; saltaba a un estribo, con riesgo de ser despedazado, corría por fuera todos los vagones buscando un departamento vacío, y en las estaciones apeábase poco antes de la llegada y volvía a subir después de la salida, siempre mudando de sitio para evitar la vigilancia de los empleados, unos malas almas enemigos de los pobres.

—Pero ¿dónde vas? —le dije—. ¿Por qué haces este viaje, exponiéndote a morir despedazado?

Iba a pasar el domingo con su familia. ¡Cosas de pobres! Él trabajaba algo en Albacete y su mujer servía en un pueblo. El hambre les había separado. Al principio hacía el viaje a pie; toda una noche de marcha, y cuando llegaba por la mañana caía rendido, sin ganas de hablar con su mujer ni de jugar con los chicos. Pero ya se había espabilado, ya no tenía miedo, y hacía el viaje tan ricamente en tren. Ver a sus hijos le daba fuerzas para trabajar más toda la semana. Tenía tres: el pequeño era así, no levantaba dos palmos del suelo, y sin embargo, le reconocía, y al verle entrar tendíale los brazos al cuello.

—Pero tú —le dije—, ¿no piensas que en cualquiera de estos viajes tus hijos van a quedarse sin padre?

Él sonreía con confianza. Entendía muy bien aquel *negocio*. No le asustaba el tren cuando llegaba como caballo desbocado, bufando y echando chispas. Era ágil y sereno; un salto, y arriba; y en cuanto a bajar, podría darse algún coscorrón contra los desmontes, pero lo importante era no caer bajo las ruedas.

No le asustaba el tren, sino los que iban dentro. Buscaba los coches de primera, porque en ellos encontraba departamentos vacíos. ¡Qué de aventuras! Una vez abrió sin saberlo el reservado de señoras; dos monjas que iban dentro gritaron: «¡Ladrones!», y él, asustado, se arrojó del tren y tuvo que hacer a pie el resto del camino.

Dos veces había estado próximo, como aquella noche, a ser arrojado a la vía por los que despertaban sobresaltados con su presencia; y buscando en otra ocasión un departamento oscuro, tropezó con un viajero que, sin decir palabra, le asestó un garrotazo, echándolo fuera del tren. Aquella noche sí que creyó morir.

Y al decir esto señalaba una cicatriz que cruzaba su frente.

Le trataban mal, pero él no se quejaba. Aquellos señores tenían razón para asustarse y defenderse. Comprendía que era merecedor de aquello y algo más; pero ¡qué remedio, si no tenía dinero y deseaba ver a sus hijos!

El tren iba limitando su marcha, como si se aproximara a una estación. Él, alarmado, comenzó a incorporarse.

—Quédate —le dije—; aún falta otra estación para llegar adonde tú vas. Te pagaré el billete.

—¡Quiá! No, señor —repuso con candidez maliciosa—. El empleado al dar el billete se fijaría en mí: muchas veces me han perseguido sin conseguir verme de cerca, y no quiero me tomen la filiación. ¡Feliz viaje, señorito! Es usted la más buena alma que he encontrado en el tren.

Se alejó por los estribos, agarrado al pasamano de los coches, y se perdió en la oscuridad, buscando sin duda otro sitio donde continuar tranquilo su viaje.

Paramos ante una estación pequeña y silenciosa. Iba a tenderme para dormir, cuando en el andén sonaron voces imperiosas.

Eran los empleados, los mozos de la estación y una pareja de la Guardia civil que corrían en distintas direcciones, como cercando a alguien.

«¡Por aquí!... ¡Cortadle el paso!... Dos por el otro lado para que no escape... Ahora ha subido sobre el tren... ¡Seguidle!»

Y efectivamente, al poco rato las techumbres de los vagones temblaban bajo el galope loco de los que se perseguían en aquellas alturas.

Era, sin duda, el *amigo*, a quien habían sorprendido, y viéndose cercado se refugiaba en lo más alto del tren.

Estaba yo en una ventanilla de la parte opuesta al andén, y vi cómo un hombre saltaba desde la techumbre de un vagón inmediato, con la asombrosa ligereza que da el peligro. Cayó de bruces en un campo, gateó algunos instantes, como si la violencia del golpe no le permitiera incorporarse, y al fin huyó a todo correr, perdiéndose en la oscuridad la mancha blanca de sus pantalones.

El jefe del tren gesticulaba al frente de los perseguidores, algunos de los cuales reían.

—¿Qué es eso? —pregunté al empleado.

—Un tuno que tiene la costumbre de viajar sin billete —contestó con énfasis—. Ya le conocemos hace tiempo: es un parásito del tren, pero poco hemos de poder o le pillaremos para que vaya a la cárcel.

Ya no vi más al pobre parásito. En invierno, muchas veces me he acordado del infeliz, y le veía en las afueras de una estación, tal vez azotado por la lluvia y la nieve, esperando el tren que pasa como un torbellino, para asaltarlo con la serenidad del valiente que asalta una trinchera.

Ahora leo que en la vía férrea, cerca de Albacete, se ha encontrado el cadáver de un hombre despedazado por el tren... Es él, el pobre parásito. No necesito más datos para creerlo: me lo dice el corazón. «Quien ama el peligro en él perece.» Tal vez le faltó inesperadamente la destreza. Tal vez algún viajero, asustado por su repentina aparición, fue menos compasivo que yo y le arrojó bajo las ruedas. ¡Vaya usted a preguntar a la noche lo que pasaría!

—Desde que le conocí —terminó diciendo el amigo Pérez— han pasado cuatro años. En este tiempo he corrido mucho, y viendo cómo viaja la gente por capricho o por combatir el aburrimiento, más de una vez he pensado en el pobre gañán, que, separado de su familia por la miseria, cuando quería besar a sus hijos tenía que verse perseguido y acosado como alimaña feroz y desafiar la muerte con la serenidad de un héroe.

Golpe doble

Al abrir la puerta de su barraca encontró Sènto un papel en el ojo de la cerradura...

Era un anónimo destilando amenazas. Le pedían cuarenta duros y debía dejarlos aquella noche en el horno que tenía frente a su barraca.

Toda la huerta estaba aterrada por aquellos bandidos. Si alguien se negaba a obedecer tales demandas, sus campos aparecían talados, las cosechas perdidas, y hasta podía despertar a media noche sin tiempo apenas para huir de la techumbre de paja que se venía abajo entre llamas y asfixiando con su humo nauseabundo.

Gafarró, que era el mozo mejor plantado de la huerta de Ruzafa, juró descubrirles, y se pasaba las noches emboscado en los cañares, rondando por las sendas, con la escopeta al brazo; pero una mañana lo encontraron en una acequia con el vientre acribillado y la cabeza deshecha... y adivina quién te dio.

Hasta los papeles de Valencia hablaban de lo que sucedía en la huerta, donde al anochecer se cerraban las barracas y reinaba un pánico egoísta, buscando cada cual su salvación, olvidando al vecino. Y a todo esto, el tío Batiste, alcalde de aquel distrito de la huerta, echando rayos por la boca cada vez que las autoridades, que le respetaban como potencia electoral, hablábanle del asunto, y asegurando que él y su fiel alguacil, el *Sigró*, se bastaban para acabar con aquella calamidad.

A pesar de esto, Sènto no pensaba acudir al alcalde. ¿Para qué? No quería oír en balde baladronadas y mentiras.

Lo cierto era que le pedían cuarenta duros, y si no los dejaba en el horno le quemarían su barraca, aquella barraca que miraba ya como un hijo próximo a perderse; con sus paredes de deslumbrante blancura, la montera de negra paja con crucecitas en los extremos, las ventanas azules, la parra sobre la puerta como verde celosía, por la que se filtraba el Sol con palpitaciones de oro vivo; los macizos de geranios y dompedros orlando la vivienda, contenidos por una cerca de cañas; y más allá de la vieja higuera el horno, de barro y ladrillos, redondo y achatado como un hormiguero de África. Aquello era toda su fortuna, el nido que cobijaba a lo más amado: su mujer, los tres chiquillos, el par de viejos rocines, fieles compañeros en la diaria batalla por el pan, y la vaca blanca y sonrosada que iba todas las mañanas por las calles de la ciudad despertando a la gente con su triste cencerreo y dejándose sacar unos seis reales de sus ubres siempre hinchadas.

¡Cuánto había tenido que arañar los cuatro terrones que desde su bisabuelo venía regando toda la familia con sudor y sangre, para juntar el puñado de duros que en un puchero guardaba enterrados bajo de la cama! ¡Enseguida se dejaba arrancar cuarenta duros!... Él era un hombre pacífico; toda la huerta podía responder por él. Ni riñas por el riego, ni visitas a la taberna, ni escopeta para echarla de majo. Trabajar mucho para su Pepeta y los tres mocosos era su única afición; pero ya que querían robarle, sabría defenderse. ¡Cristo! En su calma de hombre bonachón despertaba la furia de los mercaderes árabes, que se dejan apalear por el beduino, pero se tornan leones cuando les tocan su hacienda.

Como se aproximaba la noche y nada tenía resuelto, fue a pedir consejo al viejo de la barraca inmediata, un carcamal que solo servía para segar brozas en las sendas, pero de quien se decía que en la juventud había puesto más de dos a pudrir tierra.

Le escuchó el viejo con los ojos fijos en el grueso cigarro que liaban sus manos temblorosas cubiertas de caspa. Hacía bien en no querer soltar el dinero. Que robasen en la carretera como los hombres, cara a cara, exponiendo la piel. Setenta años tenía, pero podían irle con tales cartitas. Vamos a ver; ¿tenía agallas para defender lo suyo?

La firme tranquilidad del viejo contagiaba a Sènto, que se sentía capaz de todo para defender el pan de sus hijos.

El viejo, con tanta solemnidad como si fuese una reliquia, sacó de detrás de la puerta la joya de la casa: una escopeta de pistón que parecía un trabuco, y cuya culata apolillada acarició devotamente.

La cargaría él, que entendería mejor a aquel amigo. Las temblorosas manos se rejuvenecían. ¡Allá va pólvora! Todo un puñado. De una cuerda de esparto sacaba los tacos. Ahora una ración de postas, cinco o seis; a granel los perdigones zorreros, metralla fina, y al final un taco bien golpeado. Si la escopeta no reventaba con aquella indigestión de muerte, sería misericordia de Dios.

Aquella noche dijo Sènto a su mujer que esperaba turno para regar, y toda la familia le creyó, acostándose temprano.

Cuando salió, dejando bien cerrada la barraca, vio a la luz de las estrellas, bajo la higuera, al fuerte vejete ocupado en ponerle el pistón al *amigo*.

Le daría a Sènto la última lección, para que no errase el golpe. Apuntar bien a la boca del horno y tener calma. Cuando se inclinasen buscando el *gato* en el interior... ¡fuego! Era tan sencillo, que podía hacerlo un chico.

Sènto, por consejo del maestro, se tendió entre dos macizos de geranios a la sombra de la barraca. La pesada escopeta descansaba en la cerca de cañas apuntando fijamente a la boca del horno. No podía perderse el tiro. Serenidad y darle al gatillo a tiempo. ¡Adiós, muchacho! A él le gustaban mucho aquellas cosas; pero tenía nietos, y además estos asuntos los arregla mejor uno solo.

Se alejó el viejo cautelosamente, como hombre acostumbrado a rondar la huerta, esperando un enemigo en cada senda.

Sènto creyó que quedaba solo en el mundo, que en toda la inmensa vega, estremecida por la brisa, no había más seres vivientes que él y *aquellos* que iban a llegar. ¡Ojalá no viniesen! Sonaba el cañón de la escopeta al temblar sobre la horquilla de cañas. No era frío, era miedo. ¿Qué diría el viejo si estuviera allí? Sus pies tocaban la barraca, y al pensar que tras aquella pared de barro dormían Pepeta y los chiquitines, sin otra defensa que sus brazos, y en los que querían robar, el pobre hombre se sintió otra vez fiera.

Vibró el espacio, como si lejos, muy lejos, hablase desde lo alto la voz de un chantre. Era la campana del Miguelete. Las nueve. Oíase el chirrido de un carro rodando por un camino lejano. Ladraban los perros, transmitiendo su fiebre de aullidos de corral en corral, y el *rac-rac* de las ranas en la vecina acequia interrumpíase con los chapuzones de los sapos y las ratas que saltaban de las orillas por entre las cañas.

Sènto contaba las horas que iban sonando en el Miguelete. Era lo único que le hacía salir de la somnolencia y el entorpecimiento en que le sumía la inmovilidad de la espera. ¡Las once! ¿No vendrían ya? ¿Les habría tocado Dios en el corazón?

Las ranas callaron repentinamente. Por la senda avanzaban dos cosas oscuras que a Sènto le parecieron dos perros enormes. Se irguieron: eran hombres que avanzaban encorvados, casi de rodillas.

—Ya están ahí —murmuró, y sus mandíbulas temblaban.

Los dos hombres volvíanse a todos lados, como temiendo una sorpresa. Fueron al cañar, registrándolo: acercáronse después a la puerta de la barraca, pegando el oído a la cerradura, y en estas maniobras pasaron dos veces por cerca de Sènto, sin que éste pudiera conocerles. Iban embozados en mantas, por bajo de las cuales asomaban las escopetas.

Esto aumentó el valor de Sènto. Serían los mismos que asesinaron a *Gafarró*. Había que matar para salvar la vida.

Ya iban hacia el horno. Uno de ellos se inclinó, metiendo las manos en la boca y colocándose ante la apuntada escopeta. Magnífico tiro. Pero ¿y el otro que quedaba libre?

El pobre Sènto comenzó a sentir las angustias del miedo, a sentir en la frente un sudor frío. Matando a uno, quedaba desarmado ante el otro. Si les dejaba ir sin encontrar nada, se vengarían quemándole la barraca.

Pero el que estaba en acecho se cansó de la torpeza de su compañero y fue a ayudarle en la busca. Los dos formaban una oscura masa obstruyendo la boca del horno. Aquella era la ocasión. ¡Alma, Sènto! ¡Aprieta el gatillo!

El trueno conmovió toda la huerta, despertando una tempestad de gritos y ladridos. Sènto vio un abanico de chispas, sintió quemaduras en la cara; la escopeta se le fue y agitó las manos para convencerse de que estaban enteras. De seguro que el *amigo* había reventado.

No vio nada en el horno: habrían huido, y cuando él iba a escapar también, se abrió la puerta de la barraca y salió Pepeta en enaguas, con un candil. La había despertado el trabucazo y salía impulsada por el miedo, temiendo por su marido que estaba fuera de casa.

La roja luz del candil, con sus azorados movimientos, llegó hasta la boca del horno.

Allí estaban dos hombres en el suelo, uno sobre otro, cruzados, confundidos, formando un solo cuerpo, como si un clavo invisible los uniese por la cintura, soldándolos con sangre.

No había errado el tiro. El golpe de la vieja escopeta había sido doble.

Y cuando Sènto y Pepeta, con aterrada curiosidad, alumbraron los cadáveres para verles las caras, retrocedieron con exclamaciones de asombro.

Eran el tío Batiste, el alcalde, y su alguacil el *Sigró*.

La huerta quedaba sin autoridad, pero tranquila.

En el mar

A las dos de la mañana llamaron a la puerta de la barraca.

—¡Antonio! ¡Antonio!

Y Antonio saltó de la cama. Era su compadre, el compañero de pesca, que le avisaba para hacerse, a la mar.

Había dormido poco aquella noche. A las once todavía charlaba con Rufina, su pobre mujer, que se revolvía inquieta en la cama hablando de los negocios. No podían marchar peor. ¡Vaya un verano! En el anterior, los atunes habían corrido el Mediterráneo en bandadas interminables. El día que menos, se mataban doscientas o trescientas arrobas; el dinero circulaba como una bendición de Dios, y los que, como Antonio, guardaron buena conducta e hicieron sus ahorrillos, se emanciparon de la condición de simples marineros, comprándose una barca para pescar por cuenta propia.

El puertecillo estaba lleno. Una verdadera flota lo ocupaba todas las noches, sin espacio apenas para moverse; pero con el aumento de barcas había venido la carencia de pesca.

Las redes solo sacaban algas o pez menudo; morralla de la que se deshace en la sartén. Los atunes habían tomado este año otro camino, y nadie conseguía izar uno sobre su barca.

Rufina estaba aterrada por esta situación. No había dinero en casa; debían en el horno y en la tienda, y el señor Tomás, un patrón retirado, dueño del pueblo por sus judiadas, les amenazaba continuamente si no entregaban *algo* de los cincuenta duros con intereses que les había prestado para la terminación de aquella barca tan esbelta y tan velera que consumió todos sus ahorros.

Antonio, mientras se vestía, despertó a su hijo, un grumete de nueve años que le acompañaba en la pesca y hacía el trabajo de un hombre.

—A ver si hoy tenéis más fortuna —murmuró la mujer desde la cama—. En la cocina encontraréis el capazo de las provisiones... Ayer ya no querían fiarme en la tienda. ¡Ay, Señor! ¡Y qué oficio tan perro!

—Calla, mujer; malo está el mar, pero Dios proveerá. Justamente vieron ayer algunos un atún que va suelto; un *viejo* que se calcula pesa más de treinta arrobas. Figúrate si lo cogiéramos... Lo menos sesenta duros.

Y el pescador acabó de arreglarse pensando en aquel pescadote, un solitario que, separado de su manada, volvía por la fuerza de la costumbre a las mismas aguas que el año anterior.

Antoñico estaba ya de pie y listo para partir, con la gravedad y satisfacción del que se gana el pan a la edad en que otros juegan; al hombro el capazo de las provisiones y en una mano la banasta de los roveles, el pez favorito de los atunes, el mejor cebo para atraerles.

Padre e hijo salieron de la barraca y siguieron la playa hasta llegar al muelle de los pescadores. El compadre les esperaba en la barca preparando la vela.

La flotilla removíase en la oscuridad, agitando su empalizada de mástiles. Corrían sobre ella las negras siluetas de los tripulantes, rasgaba el silencio el ruido de los palos cayendo sobre cubierta, el chirriar de las garruchas y las cuerdas, y las velas desplegábanse en la oscuridad como enormes sábanas.

El pueblo extendía hasta cerca del agua sus calles rectas, orladas de casitas blancas, donde se albergaban por una temporada los veraneantes, todas aquellas familias venidas del interior en busca del mar. Cerca del muelle, un caserón mostraba sus ventanas como hornos encendidos, trazando regueros de luz sobre las inquietas aguas.

Era el Casino. Antonio lanzó hacia él una mirada de odio. ¡Cómo trasnochaban aquellas gentes! Estarían jugándose el dinero... ¡Si tuvieran que madrugar para ganarse el pan!

—¡Iza! ¡Iza! Que van muchos delante.

El compadre y Antoñico tiraron de las cuerdas, y lentamente se remontó la vela latina, estremeciéndose al ser curvada por el viento.

La barca se arrastró primero mansamente sobre la tranquila superficie de la bahía; después ondularon las aguas y comenzó a cabecear: estaban fuera de puntas; en el mar libre.

Al frente, el oscuro infinito, en el que parpadeaban las estrellas, y por todos lados, sobre la mar negra, barcas y más barcas que se alejaban como puntiagudos fantasmas resbalando sobre las olas.

El compadre miraba el horizonte.

—Antonio, cambia el viento.

—Ya lo noto.

—Tendremos mar gruesa.

—Lo sé; pero ¡adentro! Alejémonos de todos estos que barren el mar.

Y la barca, en vez de ir tras las otras, que seguían la costa, continuó con la proa mar adentro.

Amaneció. El Sol, rojo y recortado cual enorme oblea, trazaba sobre el mar un triángulo de fuego y las aguas hervían como si reflejasen un incendio.

Antonio empuñaba el timón, el compañero estaba junto al mástil y el chicuelo en la proa explorando el mar. De la popa y las bordas pendían cabelleras de hilos que arrastraban sus cebos dentro del agua. De vez en cuando tirón y arriba un pez, que se revolvía y brillaba como estaño animado. Pero eran piezas menudas... nada.

Y así pasaron las horas; la barca siempre adelante, tan pronto acostada sobre las olas como saltando, hasta enseñar su panza roja. Hacía calor, y Antoñico escurríase por la escotilla para beber del tonel de agua metido en la estrecha cala.

A las diez habían perdido de vista la tierra; únicamente se veían por la parte de popa las velas lejanas de otras barcas, como aletas de peces blancos.

—¡Pero Antonio! —exclamó el compadre—. ¿Es que vamos a Orán? Cuando la pesca no quiere presentarse, lo mismo da aquí que más adentro.

Viró Antonio, y la barca comenzó a correr bordadas, pero sin dirigirse a tierra.

—Ahora —dijo alegremente— tomemos un bocado. Compadre, trae el capazo. Ya se presentará la pesca cuando ella quiera.

Para cada uno un enorme mendrugo y una cebolla cruda, machacada a puñetazos sobre la borda.

El viento soplaba fuerte y la barca cabeceaba rudamente sobre las olas de larga y profunda ondulación.

—¡Pae! —gritó Antoñico desde la proa—, ¡un pez grande, *mu* grande!... ¡Un atún!

Rodaron por la popa las cebollas y el pan, y los dos hombres asomáronse a la borda.

Sí, era un atún; pero enorme, ventrudo, poderoso, arrastrando casi a flor de agua su negro lomo de terciopelo; el solitario tal vez de que tanto hablaban los pescadores. Flotaba poderosamente, pero con una ligera contracción de su fuerte cola, pasaba de un lado a otro de la barca, y tan pronto se perdía de vista como reaparecía instantáneamente.

Antonio enrojeció de emoción, y apresuradamente echó al mar el aparejo con un anzuelo grueso como un dedo.

Las aguas se enturbiaron y la barca se conmovió, como si alguien con fuerza colosal tirase de ella deteniéndola en su marcha e intentando hacerla zozobrar. La cubierta se bamboleaba como si huyese bajo los pies de los tripulantes, y el mástil crujía a impulsos de la hinchada vela. Pero de pronto el obstáculo cedió, y la barca, dando un salto, volvió a emprender su marcha.

El aparejo, antes rígido y tirante, pendía flojo y desmayado. Tiraron de él y salió a la superficie el anzuelo, pero roto, partido por la mitad, a pesar de su tamaño.

El compadre meneó tristemente la cabeza.

—Antonio, ese animal puede más que nosotros. Que se vaya, y demos gracias porque ha roto el anzuelo. Por poco más vamos al fondo.

—¿Dejarlo? —gritó el patrón—. ¡Un demonio! ¿Sabes cuánto vale esa pieza? No está el tiempo para escrúpulos ni miedos. ¡A él! ¡A él!

Y haciendo virar la barca, volvió a las mismas aguas donde se había verificado el encuentro.

Puso un anzuelo nuevo; un enorme gancho, en el que ensartó varios roveles, y sin soltar el timón agarró un agudo bichero. ¡Flojo golpe iba a soltarle a aquella bestia estúpida y fornida como se pusiera a su alcance!

El aparejo pendía de la popa casi recto. La barca volvió a estremecerse, pero esta vez de un modo terrible. El atún estaba bien agarrado y tiraba del sólido gancho, deteniendo la barca, haciéndola danzar locamente sobre las olas.

El agua parecía hervir; subían a la superficie espumas y burbujas en turbio remolino, cual si en la profundidad se desarrollase una lucha de gigantes, y de pronto la barca, como agarrada por oculta mano, se acostó, invadiendo el agua hasta la mitad de la cubierta.

Aquel tirón derribó a los tripulantes. Antonio, soltando el timón, se vio casi en las olas; pero sonó un crujido y la barca recobró su posición normal. Se había roto el aparejo, y en el mismo instante apareció el atún junto a la borda, casi a flor de agua, levantando enormes espumarajos con su cola poderosa. ¡Ah, ladrón! ¡Por fin se ponía a tiro! Y rabiosamente, como si se tratara de un enemigo implacable, Antonio le tiró varios golpes con el bichero, hundiendo el hierro en aquella piel viscosa. Las aguas se tiñeron de sangre y el animal se hundió en un rojo remolino.

Antonio respiró al fin. De buena se habían librado: todo duró algunos segundos; pero un poco más, y se hubieran ido al fondo.

Miró la mojada cubierta y vio al compadre al pie del mástil, agarrado a él, pálido, pero con inalterable tranquilidad.

—Creí que nos ahogábamos, Antonio. ¡Hasta he tragado agua! ¡Maldito animal! Pero buenos golpes le has atizado. Ya verás como no tarda en salir a flote.

—¿Y el chico?

Esto lo preguntó el padre con inquietud, con zozobra, como si temiera la respuesta.

No estaba sobre cubierta. Antonio se deslizó por la escotilla, esperando encontrarlo en la cala. Se hundió en agua hasta la rodilla: el mar la había inundado. ¿Pero quién pensaba en esto? Buscó a tientas en el reducido y oscuro espacio, sin encontrar más que el tonel de agua y los aparejos de repuesto. Volvió a cubierta como un loco.

—¡El chico! ¡El chico!... ¡Mi Antoñico!

El compadre torció el gesto tristemente. ¿No estuvieron ellos próximos a ir al agua? Atolondrado por algún golpe, se habría ido al fondo como una bala. Pero el compañero, aunque pensó todo esto, nada dijo.

Lejos, en el sitio donde la barca había estado próxima a zozobrar, flotaba un objeto negro sobre las aguas.

—¡Allá está!

Y el padre se arrojó al agua, nadando vigorosamente, mientras el compañero amainaba la vela.

Nadó y nadó, pero sus fuerzas casi le abandonaron al convencerse de que el objeto era un remo, un despojo de su barca.

Cuando las olas le levantaban, sacaba el cuerpo fuera para ver más lejos. Agua por todas partes. Sobre el mar solo estaban él, la barca que se aproximaba y una curva negra que acababa de surgir y que se contraía espantosamente sobre una gran mancha de sangre.

El atún había muerto... ¡Valiente cosa le importaba! ¡La vida de su hijo único, de su Antoñico, a cambio de la de aquella bestia! ¡Dios! ¿Era esto manera de ganarse el pan?

Nadó más de una hora, creyendo a cada rozamiento que el cuerpo de su hijo iba a surgir bajo sus piernas, imaginándose que las sombras de las olas eran el cadáver del niño que flotaba entre dos aguas.

Allí se hubiera quedado, allí habría muerto con su hijo. El compadre tuvo que pescarlo y meterlo en la barca como un niño rebelde.

—¿Qué hacemos, Antonio?

Él no contestó.

—No hay que tomarlo así, hombre. Son cosas de la vida. El chico ha muerto donde murieron todos nuestros parientes, donde moriremos nosotros. Todo es cuestión de más pronto o más tarde... Pero ahora, a lo que estamos; a pensar que somos unos pobres.

Y preparando dos nudos corredizos apresó el cuerpo del atún y lo llevó a remolque de la barca, tiñendo con sangre las espumas de la estela.

El viento les favorecía, pero la barca estaba inundada, navegaba mal, y los dos hombres, marineros ante todo, olvidaron la catástrofe, y con los achicadores en la mano, encorváronse dentro de la cala, arrojando paletadas de agua al mar.

Así pasaron las horas. Aquella ruda faena embrutecía a Antonio, le impedía pensar; pero de sus ojos rodaban lágrimas y más lágrimas, que, mezclándose con el agua de la cala, caían en el mar sobre la tumba del hijo.

La barca navegaba con creciente rapidez, sintiendo que se vaciaban sus entrañas.

El puertecillo estaba a la vista, con sus masas de blancas casitas doradas por el Sol de la tarde.

La vista de tierra despertó en Antonio el dolor y el espanto adormecidos.

—¿Qué dirá mi mujer? ¿Qué dirá mi Rufina? —gemía el infeliz.

Y temblaba como todos los hombres enérgicos y audaces, que en el hogar son esclavos de la familia.

Sobre el mar deslizábase como una caricia el ritmo de alegres valses. El viento de tierra saludaba a la barca con melodías vivas y alegres. Era la música que tocaba en el paseo, frente al Casino. Por debajo de las achatadas palmeras desfilaban, como las cuentas de un rosario de colores, las sombrillas de seda, los sombreritos de paja, los trajes claros y vistosos de toda la gente de veraneo.

Los niños, vestidos de blanco y rosa, saltaban y corrían tras sus juguetes, o formaban alegres corros girando como ruedas de colores.

En el muelle se agolpaban los del oficio: su vista, acostumbrada a las inmensidades del mar, había reconocido lo que remolcaba la barca. Pero Antonio solo miraba, al extremo de la escollera, a una mujer alta, escueta y negruzca, erguida sobre un peñasco, y cuyas faldas arremolinaba el viento.

Llegaron al muelle. ¡Qué ovación! Todos querían ver de cerca el enorme animal. Los pescadores, desde sus botes, lanzaban envidiosas miradas; los pilletes, desnudos, de color de ladrillo, echábanse al agua para tocarle la enorme cola.

Rufina se abrió paso entre la gente, llegando hasta su marido, que con la cabeza baja y una expresión estúpida oía las felicitaciones de los amigos.

—¿Y el chico? ¿Dónde está el chico?

El pobre hombre aún bajó más su cabeza. La hundió entre los hombros, como si quisiera hacerla desaparecer, para no oír, para no ver nada.

—¿Pero dónde está Antoñico?

Y Rufina, con los ojos ardientes, como si fuera a devorar a su marido, le agarraba de la pechera, zarandeando rudamente a aquel hombrón. Pero no tardó en soltarle, y levantando los brazos, prorrumpió en espantoso alarido.

—¡Ay, Señor!... ¡Ha muerto! ¡Mi Antoñico se ha ahogado! ¡Está en el mar!

—Sí, mujer —dijo el marido lentamente con torpeza, balbuceando y como si le ahogaran las lágrimas—. Somos muy desgraciados. El chico ha muerto; está donde su abuelo; donde estaré yo cualquier día. Del mar comemos y el mar ha de tragarnos... ¡Qué remedio! No todos nacen para obispos.

Pero su mujer no le oía. Estaba en el suelo, agitada por una crisis nerviosa, y se revolcaba pataleando, mostrando sus flacas y tostadas desnudeces de animal de trabajo, mientras se tiraba de las greñas, arañándose el rostro.

—¡Mi hijo!... ¡Mi Antoñico!...

Las vecinas del barrio de los pescadores acudieron a ella. Bien sabían lo que era aquello: casi todas habían pasado por trances iguales. La levantaron, sosteniéndola con sus poderosos brazos, y emprendieron la marcha hacia su casa.

Unos pescadores dieron un vaso de vino a Antonio, que no cesaba de llorar. Y mientras tanto, el compadre, dominado por el egoísmo brutal de la vida, regateaba bravamente con los compradores de pescado que querían adquirir la hermosa pieza.

Terminaba la tarde. Las aguas, ondeando suavemente, tomaban reflejos de oro.

A intervalos sonaba cada vez más lejos el grito desesperado de aquella pobre mujer, desgreñada y loca, que las amigas empujaban a casa.

—¡Antoñico! ¡Hijo mío!

Y bajo las palmeras seguían desfilando los vistosos trajes, los rostros felices y sonrientes, todo un mundo que no había sentido pasar la desgracia junto a él, que no había lanzado una mirada sobre el drama de la miseria; y el vals elegante, rítmico y voluptuoso, himno de la alegre locura, deslizábase armonioso sobre las aguas, acariciando con su soplo la eterna hermosura del mar.

¡Hombre al agua!

Al cerrar la noche, salió de Torrevieja el laúd *San Rafael*, con cargamento de sal para Gibraltar.

La cala iba atestada, y sobre cubierta amontonábanse los sacos, formando una montaña en torno del palo mayor. Para pasar de proa a popa, los tripulantes iban por las bordas, sosteniéndose con peligroso equilibrio.

La noche era buena; noche de verano, con estrellas a granel y un vientecillo fresco algo irregular, que tan pronto hinchaba la gran vela latina, hasta hacer gemir el mástil, como cesaba de soplar, cayendo desmayada la inmensa lona con ruidoso aleteo.

La tripulación, cinco hombres y un muchacho, cenó después de la maniobra de salida, y una vez rebañado el humeante caldero, en el que hundían su mendrugo con marinera fraternidad desde el patrón al grumete, desaparecieron por la escotilla todos los libres de servicio, para reposar sobre la dura colchoneta, con los vientres hinchados de vino y zumo de sandía.

Quedó en el timón el tío *Chispas*, un tiburón desdentado, que acogió con gruñidos de impaciencia las últimas indicaciones del patrón, y junto a él su protegido Juanillo, un novato que hacía en el *San Rafael* su primer viaje, y le estaba muy agradecido al viejo, pues gracias a él había entrado en la tripulación, matando así su hambre, que no era poca.

El mísero laúd antojábasele al muchacho un navío almirante, un buque encantado, navegando por el mar de la abundancia. La cena de aquella noche era la primera cena seria que había hecho en su vida.

Había llegado a los diecinueve años, hambriento y casi desnudo como un salvaje, durmiendo en la torcida barraca donde gemía y rezaba su abuela, inmóvil por el reuma: de día ayudaba a botar las barcas, descargaba cestas de pescado, o iba de parásito en las lanchas que perseguían al atún y la sardina, para llevar a casa un puñado de pesca menuda. Pero ahora, gracias al tío *Chispas*, que le tenía ley por haber conocido a su padre, era todo un marinero, estaba en camino de ser algo, podía con todo derecho meter su brazo en el caldero, y hasta llevaba zapatos, los primeros de su vida, unas soberbias piezas capaces de navegar como una fragata, que le sumían en éxtasis de adoración. ¡Y aún dicen que si el mar!... Vamos, hombre. El mejor oficio del mundo.

El tío *Chispas*, sin apartar la vista de la proa ni las manos del timón, agachándose para sondear la oscuridad por entre la vela y el montón de sacos, le escuchaba con sonrisa marrullera.

—Sí; no has escogido mal oficio. Pero tiene quiebras. Las verás... cuando tengas mis años... Pero tu sitio no es aquí: anda a proa y avisa si ves por delante alguna barca.

Juanillo corrió por la borda con la segura tranquilidad de un pillo de playa.

—Cuidado, muchacho, cuidado.

Pero él ya estaba en la proa, y se sentó junto al botalón, escudriñando la negra superficie del mar, en cuyo fondo se reflejaban como serpeantes hilos de luz las inquietas estrellas.

El laúd, panzudo y pesado, caía tras cada ola con un solemne *¡chap!* que hacía saltar las gotas hasta la cara de Juanillo: dos hojas de espuma fosforescentes resbalaban por ambos lados de la gruesa proa, y la hinchada vela, con el vértice perdido en la oscuridad, parecía arañar la bóveda del cielo.

¿Qué rey ni qué almirante estaba mejor que el serviola del *San Rafael?*... *¡Brrru!* Su estómago repleto le saludaba con eructos de satisfacción. ¡Vida más hermosa!...

—¡Tío *Chispas*!... Un cigarro.

—Ven por él.

Juanillo corrió por la borda del lado contrario al viento. Era un momento de calma, y la vela rizábase con fuertes palpitaciones, próxima a caer desmayada a lo largo del mástil. Pero vino una ráfaga, y la barca se inclinó con rápido movimiento; Juanillo, para guardar el equilibrio, agarrose al borde de la vela, y en el mismo instante ésta se hinchó como si fuera a estallar, lanzando al laúd en una carrera veloz y empujando con fuerza tan irresistible todo el cuerpo del muchacho, que lo disparó como una catapulta.

En el ruido de las aguas al tragarse a Juanillo creyó oír éste un grito, palabras algo confusas; tal vez el viejo timonel que gritaba: «¡Hombre al agua!»

Bajó mucho, ¡mucho! atolondrado por el golpe, por lo inesperado de la caída; pero antes de darse cuenta exacta de ello viose otra vez en la superficie del mar braceando, absorbiendo con furia el fresco viento... ¿Y la barca? No la vio ya. El mar estaba oscurísimo; más oscuro que visto desde la cubierta del laúd.

Creyó distinguir una mancha blanca, un fantasma que flotaba a lo lejos sobre las olas, y nadó hacia él. Pero de pronto ya no lo vio allí, sino en lugar opuesto, y cambió de dirección, desorientado, nadando con fuerza, pero sin saber dónde iba.

Los zapatos pesaban como si fuesen de plomo: ¡malditos! ¡la primera vez que los usaba! La gorra le martirizaba las sienes; los pantalones tiraban de él como si llegasen hasta el fondo del mar y fuesen barriendo las algas.

—Calma, Juanillo, calma.

Y arrojó la gorra, lamentando no poder hacer lo mismo con los zapatos.

Tenía confianza. Él nadaba mucho: se sentía con *aguante* para dos horas. Los de la barca virarían para pescarle: un remojón y nada más... ¿pues qué así como así mueren los hombres? En un temporal, como habían muerto su padre y su abuelo, bueno, pero en noche tan hermosa y con buena mar, morir empujado por una vela sería una muerte de tonto.

Y nadaba y nadaba, siempre creyendo ver aquel fantasma indeciso que cambiaba de sitio, esperando que de la oscuridad surgiera el *San Rafael* viniendo en su busca.

—¡Ah de la barca! ¡Tío *Chispas*!... ¡Patrón!

Pero el gritar le fatigaba y dos o tres veces las olas le taparon la boca. ¡Malditas!... Desde la barca parecían insignificantes, pero en medio del mar, hundido hasta el cuello y obligado a un continuo manoteo para sostenerse, le asfixiaban, le golpeaban con su sorda ondulación, abrían ante él hondas y movibles zanjas, cerrándolas enseguida como para tragarle.

Seguía creyendo, pero con cierta inquietud, en sus dos horas de aguante. Sí; contaba con ellas. Dos horas y más nadaba allá en su playa sin cansancio. Pero era en las horas de Sol, en aquel mar de cristal azul, viendo allá bajo, a través de fantástica transparencia, las rocas amarillas con sus hierbajos puntiagudos como ramos de coral verde, las conchas de color rosa, las estrellas de nácar, las flores luminosas de pétalos carnosos estremeciéndose al ser rozados por el vientre de plata de los peces; y ahora estaba en un mar de tinta, perdido en la oscuridad, agobiado por sus ropas, teniendo bajo sus pies ¡quién sabe cuántos barcos destrozados, cuántos cadáveres descarnados por los peces feroces! Y estremecíase al contacto de su mojado pantalón, creyendo sentir el rozamiento de agudos dientes.

Cansado, desfallecido, se echó de espaldas, dejándose llevar por las olas. El sabor de la cena le subía a la boca. ¡Maldita comida, y cuánto cuesta de ganar! Acabaría por morir allí tontamente... Pero el instinto de conservación le hizo incorporarse. Tal vez le buscaban, y estando tendido pasarían cerca de él sin verle. Otra vez a nadar, con el ansia de la desesperación, incorporándose en la cresta de las olas para ver más lejos, yendo tan pronto a un lado como a otro, agitándose siempre en un mismo círculo.

Le abandonaban como si fuese un trapo caído de la barca. ¡Dios mío! ¿Así se olvida a un hombre?... Pero no; tal vez le buscaban en aquel momento. Un barco corre mucho; por pronto que hubiesen subido a cubierta y arriado vela, ya estarían a más de una milla.

Y acariciando esta ilusión, se hundía dulcemente como si tirasen de sus pesados zapatos. Sintió en la boca la amargura salitrosa; cegaron sus ojos, las aguas se cerraron sobre su rapada cabeza; pero entre dos olas se formó un pequeño remolino, asomaron unas manos crispadas y volvió a salir.

Los brazos se *dormían*; la cabeza se inclinaba sobre el pecho como vencida por el sueño. A Juanillo le pareció cambiado el cielo: las estrellas eran rojas, como salpicaduras de sangre. Ya no le infundía miedo el mar; sentía el deseo de abandonarse sobre las aguas, de descansar.

Se acordaba de la abuela, que a aquellas horas estaría pensando en él. Y quiso rezar como mil veces había oído a su pobre vieja. «Padre nuestro que estás...» Rezaba mentalmente, pero sin darse cuenta de ello, su lengua se movió y dijo con una voz tan ronca que le pareció de otro:

—¡Cochinos! ¡ladrones! ¡Me abandonan!

Se hundía otra vez: desapareció pugnando en vano por sostenerse. Alguien tiraba de sus zapatos... Buceó en la oscuridad, sorbiendo agua, inerte, sin fuerzas, pero sin saber cómo, volvió otra vez a la superficie.

Ahora las estrellas eran negras, más negras que el cielo, destacándose como gotas de tinta.

Se acabó. Esta vez se iba al fondo de veras: su cuerpo era de plomo. Y bajó en línea recta, arrastrado por sus zapatos nuevos, y en su caída al abismo de los barcos rotos y los esqueletos devorados, el cerebro, cada vez más envuelto en densas neblinas, iba repitiendo:

—Padre nuestro... Padre nuestro... ¡ladrones! ¡granujas! ¡Me han abandonado!

Un silbido

El entusiasmo caldeaba el teatro. ¡Qué debut! ¡Qué *Lohengrin*! ¡Qué tiple aquella!

Sobre el rojo de las butacas destacábanse en el patio las cabezas descubiertas o las torres de lazos, flores y tules, inmóviles, sin que las aproximara el cuchicheo ni el fastidio; en los palcos silencio absoluto; nada de tertulias y conversaciones a media voz; arriba, en el infierno de la filarmonía rabiosa, llamado irónicamente paraíso, el entusiasmo se escapaba prolongado y ruidoso, como un inmenso suspiro de satisfacción, cada vez que sonaba la voz de la tiple, dulce, poderosa y robusta. ¡Qué noche! Todo parecía nuevo en el teatro. La orquesta era de ángeles: hasta la araña del centro daba más luz.

En aquel entusiasmo tomaba no poca parte el patriotismo satisfecho. La tiple era española, la López, solo que ahora se anunciaba con el apellido de su esposo el tenor Franchetti; un gran artista que, casándose con ella, la había hecho ascender a la categoría de *estrella*. ¡Vaya una mujer! Legítima de la tierra. Esbelta, arrogante; brazos y garganta con adorables redondeces, y los blancos tules de Elsa amplios en la cintura, pero estrechos y casi estallando con la presión de soberbias curvas. Sus ojos negros, rasgados, de sombrío fuego, contrastaban con la rubia peluca de la condesa de Brabante. La hermosa española era en la escena la mujer tímida, dulce y resignada que soñó Wagner, confiando en la fuerza de su inocencia, esperando el auxilio de lo desconocido.

Al relatar su ensueño ante el emperador y su corte, cantó con expresión tan vagorosa y dulce, los brazos caídos y la extática mirada en lo alto, como si viese llegar montado en una nube al misterioso paladín, que el público no pudo contenerse ya, y como la retumbante descarga de una fila de cañones, salió de todos los huecos del teatro, hasta de los pasillos, la atronadora detonación de aplausos y gritos.

La modestia y la gracia con que saludaba enardeció aún más al público. ¡Qué mujer! Una verdadera señora; y en cuanto a buenos sentimientos, todos recordaban detalles de su biografía. Aquel padre anciano, al que todos los meses enviaba una pensión para que viviera con decencia: un viejo feliz, que desde Madrid seguía la carrera de triunfos de su hija por todo el mundo.

Aquello era conmovedor. Algunas señoras se llevaban a los ojos una punta del guante, y en el paraíso, un vejete lloriqueaba metiendo la nariz en el embozo de la capa para sofocar sus gemidos. Los vecinos se reían.

¡Vamos hombre, que no era para tanto!

La representación seguía su curso en medio de los ecos del entusiasmo. Ahora el heraldo invitaba a los presentes, por si alguno quería defender a Elsa. Bueno, adelante. Aquel público, que se sabía de memoria la ópera, estaba en el secreto. No se presentaría ningún guapo. Después, con acompañamiento de tétrica música, avanzaron las damas veladas para llevarse la condesa al suplicio. Todo era broma; Elsa estaba segura. Pero cuando los bravos guerreros brabanzones se agitaron en la escena, viendo a lo lejos el misterioso cisne y su barquilla, y se fue armando en la imperial corte una batahola de dos mil demonios, el público, por acción refleja, se movió ruidosamente, arrellanándose en el asiento, tosiendo, suspirando, revolviéndose para hacer provisión de silencio. ¡Qué emoción! Iba a presentarse Franchetti, el famoso tenor, un gran artista de quien se murmuraba que habíase casado con la López buscando una compensación a sus facultades decadentes en la frescura y valentía de su mujer. Aparte de esto, un maestrazo que sabía salir triunfante con auxilio del arte.

¡Ah!... Ya estaba allí, de pie en el esquife, apoyado en larga espada, el escudo embrazado, cubierto el pecho de escamas de acero, irguiendo su arrogante figura de buen mozo festejado por toda la aristocracia de Europa, y deslumbrando de cabeza a pies, cual un pescado de plata envuelto en seda.

Silencio absoluto; aquello parecía una iglesia. El tenor miraba su cisne, como si allí no hubiese otro ser digno de atención, y en el místico ambiente fue desarrollándose un hilo de voz tenue, dulce, vagoroso, cual si viniera de una distancia invisible.

¡Mercè, mercè, cigno gentile!...

¿Qué fue lo que estremeció todo el teatro, poniendo de pie a los espectadores? Algo estridente, como si acabara de rasgarse la vieja decoración del fondo; un silbido rabioso, feroz, desesperado, que pareció hacer oscilar las luces de la sala.

¡Silbar a Franchetti antes de oírle! ¡Un tenor de cuatro mil francos! La gente de palcos y butacas miró al paraíso con el ceño fruncido; pero arriba la protesta fue más ruidosa. ¡Granuja! ¡Canalla! ¡Golfo! ¡A la cárcel con él! Y todo el público, arremolinándose, de pie y con el puño amenazante, señalaba al vejete que, cuando cantaba la tiple, metía la nariz en la capa para llorar, y ahora se erguía intentando en vano hacerse oír. ¡A la cárcel! ¡A la cárcel!

Pisando gente entró la pareja, y el viejo pasó a empujones de banco en banco, abofeteando a todos con su capa caída y contestando con desesperados manoteos a los insultos y amenazas, mientras que el público rompía a aplaudir estrepitosamente, para animar a Franchetti, que había interrumpido su canto.

En el pasillo detuviéronse el viejo y los guardias, respirando ansiosamente, magullados por el gentío. Algunos espectadores les siguieron.

—¡Parece imposible! —dijo uno de los guardias—. Una persona de edad y que parece decente...

—¿Y usted qué sabe? —gritó el viejo con expresión agresiva—. Mis razones tengo para hacer lo que he hecho. ¿Sabe usted quién soy yo? Pues soy el padre de Conchita, de esa que se llama en el cartel la Franchetti, de la que aplauden con tanto entusiasmo los imbéciles. ¡Qué tal!... ¿Les parece raro que silbe?... También yo he leído los periódicos; ¡qué modo de mentir! «La hija amantísima...» «El padre querido y feliz...» ¡Mentira, todo mentira! Mi hija ya no es mi hija, es un culebrón, y ese italiano un granuja. Solo se acuerda de mí para enviarme una limosna, ¡como si el corazón comiera y le contentase el dinero! Yo no tomo un cuarto de ellos: primero morir; prefiero molestar a los amigos.

Ahora sí que era oído el viejo. Los que le rodeaban sentían hambrienta curiosidad ante una historia que tan de cerca tocaba a dos celebridades artísticas. Y el señor López, insultado por todo un público, deseaba comunicar a alguien su indignación, aunque fuese a los guardias.

—No tengo más familia que *esa*. Comprendan mi situación. Se crió en mis brazos: la pobrecita no conoció a su madre. *Sacó* voz; dijo que quería ser tiple o morir, y aquí tienen ustedes al bonachón de su padre decidido a que fuese una celebridad o a morir con ella. Los maestros dijeron: ¡a Milán! Y allá va el señor López con su niña, después de dimitir su empleo y vender los cuatro terrones heredados de su padre. ¡Válgame Dios y cuánto he sufrido! ¡Cuanto he trotado antes del debut, de maestro en maestro y de empresario en empresario! ¡Qué humillaciones, qué vigilancias para guardar a mi niña, y qué privaciones; sí, señores, privaciones y hasta hambre, cuidadosamente ocultada, para que nada faltase a la señorita! Y cuando cantó por fin y comenzó a sonar su nombre, cuando yo me extasiaba ante los resultados de mi sacrificio, llega ese fantasmón de Franchetti, y cantando sobre las tablas dúos y más dúos de amor, acaban por enamoricarse, y tengo que casar a la niña para que no me ponga mal gesto ni me parta el alma con sus lloros. Ustedes no saben lo que es un matrimonio de cantantes. El egoísmo haciendo gorgoritos. Ni cariño, ni corazón, ni nada; la voz, solo la voz. Al ladrón de mi yerno le molesté desde el primer momento; tenía celos de mí, quería alejarme para dominar en absoluto a su mujer; y ella, que ama a ese payaso, que cada vez está más unida a él por las ovaciones, dijo que sí a todo. ¡Las exigencias del arte! ¡Su modo de vivir, que no les permite deberse a la familia, sino al arte! Estas fueron sus excusas, y me enviaron a España; y yo, por reñir con ese farsante, reñí con mi hija. Hasta hoy no les había visto... Señores, llévenme ustedes donde quieran, pero declaro que siempre que pueda vendré a silbar a ese ladrón italiano... He estado enfermo, estoy solo: pues revienta, viejo, como si no tuvieras hija. Tu Conchita no es tuya; es de Franchetti... pero no; es del arte. Y ahora digo yo: Si el arte consiste en que las hijas olviden a los padres que por ellas se sacrificaron, digo que me futro en el arte y que más me alegraría encontrarme a mi Concha al entrar en casa remendando mis calcetines.

Lobos de mar

Retirado de los *negocios* después de cuarenta años de navegación con toda clase de riesgos y aventuras, el capitán Llovet era el vecino más importante del Cabañal, una población de: casas blancas de un solo piso, de calles anchas, rectas y ardientes de Sol, semejante a una pequeña ciudad americana.

La gente de Valencia que veraneaba allí miraba con curiosidad al viejo lobo de mar, sentado en un gran sillón bajo el toldo de listada lona que sombreaba la puerta de su casa. Cuarenta años pasados a la intemperie, en la cubierta de su buque, sufriendo la lluvia y los rociones del oleaje, le habían infiltrado la humedad hasta los mismos huesos, y, esclavo del reuma, permanecía los más de los días inmóvil en su sillón, prorrumpiendo en quejidos y juramentos cada vez que se ponía en pie. Alto, musculoso, con el vientre hinchado y caído sobre las piernas, la cara bronceada por el Sol y cuidadosamente afeitada, el capitán parecía un cura en vacaciones, tranquilo y bonachón en la puerta de su casa. Sus ojos grises, de mirada fija e imperativa, ojos de hombre habituado al mando, eran lo único que justificaba la fama del capitán Llovet, la leyenda sombría que flotaba en torno de su nombre.

Había pasado su vida en continua lucha con la marina real inglesa, burlando la persecución de los cruceros en su famoso bergantín repleto de carne negra, que transportaba desde la costa de Guinea a las Antillas. Audaz y de una frialdad inalterable, jamás le vieron oscilar sus marineros.

Contábanse de él cosas horripilantes. Cargamentos enteros de negros arrojados al agua para librarse del crucero que le daba caza; los tiburones del Atlántico acudiendo a bandadas, haciendo hervir las olas con su fúnebre coleteo, cubriendo el mar de manchas de sangre, repartiéndose a dentelladas los esclavos, que agitaban con desesperación sus brazos fuera del agua; sublevaciones de tripulación contenidas por él solo a tiros y hachazos; raptos de ciega cólera en los que corría por cubierta como una fiera; hasta se hablaba de cierta mujer que le acompañaba en sus viajes, la cual, desde el puente, fue arrojada al mar por el iracundo capitán después de una disputa por celos. Y junto con esto, inesperados arranques de generosidad: socorros a manos llenas a las familias de sus marineros. En un arrebato de cólera era capaz de matar a uno de los suyos; pero si alguien caía al agua, se arrojaba para salvarle, sin miedo al mar ni a sus voraces bestias. Enloquecía de furor si los compradores de negros le engañaban en unas cuantas pesetas, y en la misma noche gastaba tres o cuatro mil duros celebrando una de aquellas orgías que le habían hecho famoso en La Habana. «Pega antes que habla», decían de él los marineros, y recordaban que, en alta mar, sospechando que su segundo conspiraba contra él, le había deshecho el cráneo de un pistoletazo. Aparte de esto, un hombre divertidísimo, a pesar de su cara fosca y su mirada dura. En la playa del Cabañal, la gente, reunida a la sombra de las barcas, reía recordando sus bromas. Una vez dio un convite a bordo al reyezuelo africano que le vendía los esclavos, y viendo borrachos a la negra majestad y sus cortesanos, hizo como el negrero de Merimée: desplegó velas y los vendió como esclavos. Otra vez, viéndose perseguido por un crucero británico, desfiguró su buque en una sola noche, pintándolo de otro color y cambiando la arboladura. Los capitanes ingleses tenían datos en abundancia para conocer el buque del audaz negrero; pero como si no tuvieran nada. El capitán Llovet, como decían en la playa, era un gitano de mar, y trataba su barco como a un burro de feria, haciéndole sufrir transformaciones maravillosas.

Cruel y generoso, pródigo de su sangre y de la ajena, duro para el negocio y manirroto para el placer, los negociantes de Cuba le habían apodado el *Capitán Magnífico*, y así seguían llamándole los pocos marineros de su antigua tripulación que aún arrastraban por la playa las piernas reumáticas, tosiendo y encorvando el pecho.

Casi arruinado por empresas comerciales, al retirarse de *la trata* se había metido en su casa del Cabañal, viendo pasar la vida ante su puerta, sin otra distracción que jurar como un condenado cuando el reuma le hacía permanecer inmóvil en su asiento. Por una respetuosa admiración venían a sentarse en la acera algunos de aquellos vejestorios que habían recibido de él en otro tiempo órdenes y palos, y juntos hablaban con cierta melancolía de la *gran calle*, como el capitán llamaba al Atlántico, contando las veces que habían pasado de una acera a otra, de África a América, corriendo temporales y chasqueando a los polizontes del mar. En verano, los días que no apretaba el dolor y las piernas estaban fuertes, bajaban a la playa, y el capitán, enardecido a la vista del mar, desahogaba sus dos odios. Odiaba a Inglaterra por haber oído silbar más de una vez las balas de sus cañones. Odiaba la navegación a vapor como un sacrilegio marítimo. Aquellos penachos de humo que pasaban por el horizonte eran los funerales de la marina. Ya no quedaban sobre el agua hombres de oficio; ahora el mar era de los fogoneros.

En los días tempestuosos del invierno, siempre le veían en la playa con la nariz palpitante, olfateando la tormenta, como si aún estuviera sobre cubierta preparándose a resistir el tiempo.

Una mañana lluviosa vio correr la gente hacia el mar, y allá fue él, contestando con gruñidos a la familia, que le hablaba de su reuma. Entre las negras barcas encalladas en la orilla destacábanse sobre el mar, lívido y cubierto de espumarajos, los grupos de blusas azules, las faldas ondeantes por el vendaval, con las que se resguardaban de la lluvia las mujeres. Lejos, en la bruma que cerraba el horizonte, corrían como ovejas asustadas las barcas pescadoras, con la vela casi recogida y negruzca por el agua, sosteniendo una lucha de terribles saltos, enseñando la quilla en cada cabriola, antes de doblar la punta del puerto, amontonamiento de peñascos rojos barnizados por las olas, entre los cuales hervía una espuma amarillenta, bilis del irritado mar.

Una barca desarbolada iba como pelota de ola en ola hacia la siniestra punta. La gente gritaba en la playa viendo a los tripulantes tendidos en la cubierta, anonadados por la proximidad de la muerte. Se hablaba de ir hasta la barca, de echarla un cabo, de atraerla a la playa; pero los más audaces, mirando las olas que se desplomaban llenando el espacio de polvo de agua, callábanse atemorizados. La barca que saliera daría la voltereta antes de mover un remo.

—A ver: ¡gente que me siga! Hay que salvar a esos pobres.

Era la voz ruda e imperiosa del capitán Llovet. Se erguía sobre sus torpes piernas, la mirada brillante y fiera, las manos temblorosas por la cólera que le infundía el peligro. Las mujeres le miraban asombradas; los hombres retrocedían, formando ancho corro en torno de él, que prorrumpió en juramentos, agitando sus manos como si fuera a cerrar a golpes con toda la chusma. Le enfurecía el silencio de aquella gente, como si estuviera ante una tripulación insubordinada.

—¿Desde cuándo el capitán Llovet no encuentra en su pueblo hombres que le sigan al mar?

Lo dijo rugiendo, como un tirano que se ve desobedecido, como un Dios que contempla la huida de sus fieles. Hablaba en castellano, lo que era en él señal de ciega cólera.

—*¡Presente, capitá!* —gritaron a un tiempo unas cuantas voces temblonas.

Y abriéndose paso, aparecieron en el centro del corro cinco viejos, cinco esqueletos roídos por el mar y las tempestades, antiguos marineros del capitán Llovet, arrastrados por la subordinación y el afecto que crea el peligro afrontado en común. Avanzaron unos arrastrando los pies, otros con saltitos de pájaro, alguno con los ojos muy abiertos, mostrando en las pupilas la vaguedad de la ceguera senil, todos temblorosos de frío, con el cuerpo forrado de bayeta amarilla y la gorra calada sobre dobles pañuelos arrollados a las sienes. Era la vieja guardia corriendo a morir junto a su ídolo. De los grupos salían mujeres y niños, que se arrojaban sobre ellos queriendo detenerles.

—*¡Agüelo!* —gritaban los nietos.

—*¡Pare!* —gemían las mocetonas.

Y los animosos vejetes, irguiéndose como los rocines moribundos al oír el clarín de las batallas, repelían los brazos que se anudaban a sus cuellos y piernas, y gritaban contestando a la voz de su jefe:

—*¡Presente, capitá!*

Los lobos de mar, con su ídolo al frente, abriéronse paso para echar al mar una de las barcas. Rojos, congestionados por el esfuerzo, con el cuello hinchado por la rabia, solo consiguieron mover la barca y que se deslizara algunos pasos. Irritados contra su vejez, intentaron un nuevo esfuerzo; pero la muchedumbre protestaba contra su locura, y cayó sobre ellos, desapareciendo los viejos arrebatados por sus familias.

—¡Dejadme, cobardes! ¡Al que me toque, lo mato! —rugía el capitán Llovet.

Pero por primera vez aquel pueblo, que le adoraba, puso la mano en él. Le sujetaron como a un loco, sordos a sus súplicas, indiferentes a sus maldiciones.

La barca, abandonada de todo auxilio, corría a la muerte dando tumbos sobre las olas. Ya estaba próxima a los peñascos, ya iba a estrellarse entre torbellinos de espuma, y aquel hombre que tanto había despreciado la vida del semejante, que había nutrido a los tiburones con tribus enteras y que llevaba un nombre aterrador como una leyenda lúgubre, revolvíase furioso, sujeto por cien manos, blasfemando porque no le dejaban arriesgar la existencia socorriendo a unos desconocidos, hasta que, agotadas sus fuerzas, acabó llorando como un niño.

Un funcionario

Tendido de espaldas en el camastro y siguiendo con vaga mirada las grietas del techo, el periodista Juan Yáñez, único huésped de la *sala de políticos*, pensaba que había entrado aquella noche en el tercer mes de su encierro.

Las nueve... La corneta había lanzado en el patio las prolongadas notas del toque de silencio; en los corredores sonaban con monótona igualdad los pasos de los vigilantes, y de las cerradas cuadras, repletas de carne humana, salía un rumor acompasado, semejante al soplo de una fragua lejana o a la respiración de un gigante dormido: parecía imposible que en aquel viejo convento, tan silencioso, cuya ruina resultaba más visible a la cruda luz del gas, durmiesen mil hombres.

El pobre Yáñez, obligado a acostarse a las nueve, con una perpetua luz ante los ojos y sumido en un silencio aplastante que hacía creer en la posibilidad del mundo muerto, pensaba en lo duramente que iba saldando su cuenta con las instituciones. ¡Maldito artículo! Cada línea iba a costarle una semana de encierro; cada palabra un día.

Y Yáñez, recordando que aquella noche comenzaba la temporada de ópera con *Lohengrin*, su ópera predilecta, veía los palcos cargados de hombros desnudos y nucas adorables, entre destellos de pedrería, reflejos de sedas y airoso ondear de rizadas plumas.

—Las nueve... Ahora habrá salido el cisne, y el hijo de Parsifal lanzará sus primeras notas entre los siseos de expectación del público... ¡Y yo aquí! ¡Cristo! No tengo mala ópera...

Sí; no era mala. Del calabozo de abajo, como si provinieran de un subterráneo, llegaban los ruidos con que delataba su existencia un bruto de la montaña, a quien iban a ejecutar de un momento a otro por un sinnúmero de asesinatos. Era un chocar de cadenas que parecía el ruido de un montón de clavos y llaves viejas, y de vez en cuando una voz débil repitiendo: «Pa... dre nuestro que es... tás en los cielos... San... ta María...» con la expresión tímida y suplicante del niño que se duerme en brazos de su madre. ¡Siempre repitiendo la monótona cantinela, sin que pudieran hacerle callar! Según opinión de los más, quería con esto fingirse loco para salvar el cuello: tal vez catorce meses de aislamiento en un calabozo, esperando a todas horas la muerte, habían acabado con su escaso seso de fiera instintiva.

Estaba Yáñez maldiciendo la injusticia de los hombres, que por unas cuantas cuartillas emborronadas en un momento de mal humor le obligaban a dormirse todas las noches arrullado por el delirio de un condenado a muerte, cuando oyó fuertes voces y pasos apresurados en el mismo piso donde estaba su departamento.

—No; no dormiré ahí —gritaba una voz trémula y atiplada—. ¿Soy acaso algún criminal? Soy un funcionario de Gracia y Justicia lo mismo que ustedes... y con treinta años de servicios. Que pregunten por Nicomedes: todo el mundo me conoce; hasta los periódicos han hablado de mí. Y después de alojarme en la cárcel, ¿aún quieren hacerme dormir en un desván que ni para los presos sirve? Muchas gracias. ¿Para esto me ordenan venir?... Estoy enfermo y no duermo ahí. Qué me traigan un médico; necesito un médico...

Y el periodista, a pesar de su situación, reíase regocijado por la entonación afeminada y ridícula con que el de los treinta años de servicios pedía el médico.

Repitiose el murmullo de voces: discutían como si formasen Consejo, oyéronse pasos, cada vez más cercanos, y se abrió la puerta de la *sala de políticos*, asomando por ella una gorra con galón de oro.

—Don Juan —dijo el empleado con cierta cortedad—, esta noche tendrá usted compañía... Dispense usted, no es mía la culpa; la necesidad... En fin, mañana ya dispondrá el jefe otra cosa. Pase usted... *Señor.*

Y el *señor* (así, con entonación irónica) pasó la puerta, seguido de dos presos; uno con una maleta y un lío de mantas y bastones; otro con un saco cuya lona marcaba las aristas de una caja ancha y de poca altura.

—Buenas noches, caballero.

Saludaba con humildad, con aquella voz trémula que hizo reír a Yáñez, y al quitarse el sombrero descubrió una cabeza pequeña, cana y cuidadosamente rapada. Era un cincuentón obeso, coloradote; la capa parecía caerse de sus hombros, y un mazo de dijes colgando de una gruesa cadena de oro repiqueteaba sobre su vientre al menor movimiento. Sus ojos pequeños tenían los reflejos azulados del acero, y la boca aparecía oprimida por unos bigotillos curvos y caídos como dos signos de interrogación.

—Usted dispense —dijo sentándose—. Voy a molestarle mucho; pero no es por culpa mía. He llegado en el tren de esta noche, y me encuentro con que me dan para dormitorio un desván lleno de ratas. ¡Vaya un viaje!

—¿Es usted preso?

—En este momento, sí —dijo sonriendo—; pero no le molestaré mucho con mi presencia.

Y el panzudo burgués se mostraba obsequioso, humilde, como si pidiera perdón por haber usurpado su puesto en la cárcel.

Yáñez le miraba fijamente: tanta timidez le asombraba. ¿Quién sería aquel sujeto? Y por su imaginación danzaban ideas sueltas, apenas esbozadas, que parecían buscarse y perseguirse para completar un pensamiento.

De pronto, al sonar a lo lejos otra vez el quejumbroso *padrenuestro* de la fiera encerrada, el periodista se incorporó nerviosamente, como si acabase de atrapar la idea fugitiva, fijando su vista en aquel saco que estaba a los pies del recién llegado.

—¿Qué lleva usted ahí?... ¿Es la caja de *las herramientas*?

El hombre pareció dudar, pero al fin se le impuso la enérgica expresión interrogativa, e inclinó la cabeza afirmativamente. Después el silencio se hizo largo y penoso. Unos presos colocaban la cama de aquel hombre en un rincón de la sala. Yáñez contemplaba fijamente a su compañero de hospedaje, que permanecía con la cabeza baja, como rehuyendo sus miradas.

Cuando la cama quedó hecha y los presos se retiraron, cerrando el empleado la puerta con el cerrojo exterior, continuó el penoso silencio. Por fin, aquel sujeto hizo un esfuerzo y habló:

—Voy a dar a usted una mala noche; pero no es mía la culpa: *ellos* me han traído aquí. Yo me resistía, sabiendo que es usted una persona decente que sentirá mi presencia como lo peor que haya podido ocurrirle en esta casa.

El joven se sintió desarmado por tanta humildad.

—No, señor; yo estoy acostumbrado a todo —dijo con ironía—. ¡Se hacen en esta casa tan buenas amistades, que una más nada importa! Además, usted no parece mala persona.

Y el periodista, que aún no se había limpiado de sus primeras lecturas románticas, encontraba muy original aquella entrevista y hasta sentía cierta satisfacción.

—Yo vivo en Barcelona —continuó el viejo—, pero mi compañero de este distrito murió hace poco de la última borrachera, y ayer, al presentarme en la Audiencia, me dijo un alguacil: «Nicomedes...». Porque yo soy Nicomedes Terruño. ¿No ha oído usted hablar de mí?... Es extraño; la prensa ha publicado muchas veces mi nombre. «Nicomedes, de orden del señor presidente que tomes el tren de esta noche.» Vengo con el propósito de meterme en una fonda hasta el día del trabajo, y desde la estación me traen aquí, por no sé qué miedos y precauciones; y para mayor escarnio, me quieren alojar don las ratas. ¿Ha visto usted? ¿Es esto manera de tratar a los funcionarios de justicia?

—¿Y lleva usted muchos años desempeñando el cargo?

—Treinta años, caballero: comencé en tiempos de Isabel II. Soy el decano de la clase y cuento en mi lista hasta condenados políticos. Tengo el orgullo de haber cumplido siempre mi deber. El de ahora será el ciento dos. Son muchos, ¿verdad? Pues con todos me he portado lo mejor que he podido. Ninguno se habrá quejado de mí. Hasta los ha habido veteranos del presidio, que, al verme en el último momento, se tranquilizaban y decían: «Nicomedes, me satisface que seas tú.»

El *funcionario* iba animándose en vista de la atención benévola y curiosa que le prestaba Yáñez. Iba tomando tierra: cada vez hablaba con más desembarazo.

—Tengo también mi poquito de inventor —continuó—. Los aparatos los fabrico yo mismo, y en cuanto a limpieza no hay más que pedir... ¿Quiere usted verlos?

El periodista saltó de la cama como dispuesto a huir.

—No; muchas gracias. Lo creo.

Y miraba con repugnancia aquellas manos, cuyas palmas eran rojizas y grasientas. Restos tal vez de la limpieza reciente de que hablaba; pero a Yáñez le parecían impregnadas de grasa humana, del zumo de aquel centenar que formaba *su lista*.

—¿Y está usted satisfecho de la profesión? —preguntó para hacerle olvidar el deseo de lucir sus invenciones.

—¡Qué remedio!... Hay que conformarse. Mi único consuelo es que cada vez se trabaja menos. ¡Pero cuán duro es este pan! ¡Si lo hubiera sabido!...

Y quedó silencioso mirando al suelo.

—¡Todos contra mí! —continuó—. Yo he visto muchas comedias, ¿sabe usted? He visto que ciertos reyes antiguos iban a todas partes llevando detrás al ejecutor de su justicia, vestido de rojo, con el hacha al cuello, y hacían de él su amigo y consejero. ¡Aquello era lógico! El encargado de cumplir la justicia me parece que es alguien y alguna consideración merece. Pero en estos tiempos todo son hipocresías. Grita el fiscal pidiendo una cabeza en nombre de no sé cuántas cosas respetables, y a todos les parece bien; llego yo después cumpliendo sus órdenes, y me escupen y me insultan. Diga, señor, ¿es esto justo?... Si entro en una fonda, me ponen en la puerta apenas me conocen; en la calle todos rehuyen mi contacto, y hasta en la Audiencia me tiran el sueldo a los pies, como si yo no fuese un funcionario lo mismo que ellos, como si mi dinero no figurase en el presupuesto... ¡Todos contra mí! Y después —añadió con voz apenas perceptible—, los otros enemigos... ¡Los otros! ¿Sabe usted? Los que se fueron para no volver, y sin embargo, vuelven; ese centenar de infelices a los que traté con mimos de padre, haciéndoles el menor daño posible y que... ¡ingratos! vienen a mí apenas me ven solo.

—¡Qué!... ¿Vuelven?

—Todas las noches. Los hay que me molestan poco: los últimos, apenas; me parecen amigos de los que me despedí ayer; pero los antiguos, los de mi primera época, cuando aún me emocionaba y me sentía torpe, esos son verdaderos demonios, que, apenas me ven solo en la oscuridad, desfilan sobre mi pecho en interminable procesión, me oprimen, me asfixian, rozándome los ojos con el borde de sus hopas. Me siguen a todas partes, y así como me hago viejo son más asiduos. Cuando me metieron en el desván comencé a verles asomar por los rincones más oscuros. Por eso pedía un médico: estaba enfermo; tenía miedo a la noche; quería luz, compañía.

—¿Y siempre está usted solo?

—No; tengo familia allá en mi casita de las afueras de Barcelona; una familia que no da disgustos: un perro, tres gatos y ocho gallinas. No entienden a las personas y por eso me respetan, me quieren como si yo fuera un hombre igual a los demás. Envejecen tranquilamente a mi lado. Nunca se me ha ocurrido matar una gallina: me desmayo viendo correr la sangre.

Y decía esto con la misma voz quejumbrosa de antes, débil, anonadado, como si sintiera el lento desplome de su interior.

—¿Y nunca tuvo usted familia?

—¿Yo?... ¡Como todo el mundo! A usted se lo cuento todo, caballero. ¡Hace tanto tiempo que no hablo!... Mi mujer murió hace seis años. No crea usted que era una de esas mujerzuelas borrachas y embrutecidas, que es el papel que en las novelas se reserva siempre a la hembra del verdugo. Era una moza de mi pueblo, con la que casé al volver del servicio. Tuvimos un hijo y una hija; pan poco, miseria mucha, y ¿qué quiere usted? la juventud y cierta brutalidad de carácter me llevaron al oficio. No crea que conseguí fácilmente el puesto: hasta necesité influencias. Al principio hacíame gracia el odio de la gente: me sentía orgulloso con inspirar terror y repugnancia. Presté mis servicios en muchas Audiencias, rodamos por media España, y los chicos cada vez más hermosos; hasta que por fin caímos en Barcelona. ¡Qué gran época! La mejor de mi vida: en cinco o seis años no hubo trabajo. Mis ahorros se convirtieron en una casita en las afueras, y los vecinos apreciaban a don Nicomedes, un señor simpático empleado en la Audiencia. El chico, un ángel de Dios, trabajador, modosito y callado, estaba en una casa de comercio; la niña—¡cuánto siento no tener aquí su retrato! —la niña, que era un serafín, con unos ojazos azules y una trenza rubia, gruesa como mi brazo, y que cuando correteaba por nuestro huertecillo parecía una de esas señoritas que salen en las óperas, no iba a Barcelona con su madre sin que algún joven viniera tras sus pasos. Tuvo un novio formal: un buen muchacho que pronto iba a ser médico. Cosas de ella y su madre: yo fingía no ver nada, con esa bondadosa ceguera de los padres que se reservan para el último momento. ¡Pero Señor, cuán felices éramos!

La voz de Nicomedes era cada vez más temblorosa; sus ojillos azules estaban empañados. No lloraba, pero su grotesca obesidad agitábase con los estremecimientos del niño que hace esfuerzos para tragarse las lágrimas.

—Pero se le ocurrió a un desalmado de larga historia dejarse coger; lo sentenciaron a muerte y hube de entrar en funciones cuando ya casi había olvidado cuál era mi oficio. ¡Qué día aquél! Media ciudad me conoció viéndome sobre el tablado, y hasta hubo periodistas que, como son peor que una epidemia (usted dispense), averiguaron mi vida, presentándonos en letras de molde a mí y a mi familia, como si fuéramos bichos raros, y afirmando con admiración que teníamos facha de personas decentes. Nos pusieron en moda. ¡Pero qué moda! Los vecinos cerraban puertas y ventanas al verme, y aunque la ciudad es grande, siempre me conocían en las calles y me insulta- ban. Un día, al entrar en casa, me recibió mi mujer como una loca. ¡La niña! ¡La niña!... La vi en la cama, con el rostro desencajado, verdoso, ¡ella tan bonita! y la lengua manchada de blanco. Estaba envenenada, envenenada con fósforos, y había sufrido atroces dolores durante horas enteras, callando para que el remedio llegase tarde... ¡y llegó! Al día siguiente ya no vivía. La pobrecita tuvo valor. Amaba con toda su alma al mediquín, y yo mismo leí la carta en la que el muchacho se despedía para siempre por saber de quién era hija. No la lloré. ¿Tenía acaso tiempo? El mundo se nos venía encima; la desgracia soplaba por todos lados; aquel hogar tranquilo que nos habíamos fabricado se desplomaba por sus cuatro ángulos. Mi hijo... también a mi hijo lo arrojaron de la casa de comercio, y fue inútil buscar nueva colocación ni apoyo en sus amigos. ¿Quién cruza la palabra con el hijo del verdugo? ¡Po- brecito! ¡Como si a él le hubieran dado a escoger el padre antes de venir al mundo! ¿Qué culpa tenía él, tan bueno, de que yo le hubiese engendrado? Pasaba todo el día en casa, huyendo de la gente, en un rincón del huertecillo, triste y descuidado desde la muerte de la niña. «¿En qué piensas, Antonio?», le preguntaba. «Papá, pienso en Anita.» El pobre me engañaba. Pensaba en él, en lo cruelmente que nos habíamos equivocado, creyéndonos por una temporada iguales a los demás, y cometiendo la insolencia de querer ser felices. El batacazo era terrible: imposible levantarse. Antonio desapareció.

—¿Y nada ha sabido usted de su hijo? —dijo Yáñez, interesado por la lúgubre historia.

—Sí; a los cuatro días. Lo pescaron frente a Barcelona; salió envuelto en redes, hinchado y descompuesto... Usted ya adivinará lo demás. La pobre vieja se fue poco a poco, como si los chicos tirasen de ella desde arriba; y yo, el malo, el empedernido, me he quedado aquí solo, completamente solo, sin el recurso siquiera de beber; porque si me emborracho, vienen ellos, ¿sabe usted? *ellos*, mis perseguidores, a enloquecerme con el aleteo de sus hopas negras, como si fuesen enormes cuervos, y me pongo a morir... Y sin embar- go, no los odio. ¡Infelices! Casi lloro cuando los veo en el banquillo. Otros son los que me han hecho mal. Si el mundo se convirtiera en una sola persona, si todos los desconocidos que me robaron a los míos con su desprecio y su odio tuvieran un solo cuello y me lo entregaran, ¡ay, cómo apretaría!... ¡con qué gusto!...

Y hablando a gritos se había puesto de pie, agitando con fuerza sus puños, como si retorciese una palanca imaginaria. Ya no era el mismo ser tímido, panzudo y quejumbroso. En sus ojos brillaban pintas rojas como salpicaduras de sangre; el bigote se erizaba y su estatura parecía mayor, como si la bestia feroz que dormía dentro de él, al despertar, hubiese dado un formidable estirón a la envoltura.

En el silencio de la cárcel resonaba cada vez más claro el doloroso canturreo que venía del calabozo: «Pa... dre... nu... estro... que estás... en los cielos...».

Don Nicomedes no lo oía. Paseaba furioso por la habitación, conmoviendo con sus pasos el piso que servía de techo a su víctima. Por fin se fijó en el monótono quejido.

—¡Cómo canta ese infeliz! —murmuró—. ¡Cuán lejos estará de saber que estoy yo aquí, sobre su cabeza!

Se sentó desalentado y permaneció silencioso mucho tiempo, hasta que sus pensamientos, su afán de protesta, le obligaron a hablar.

—Mire usted, señor; conozco que soy un hombre malo y que la gente debe despreciarme. Pero lo que me irrita es la falta de lógica. Si lo que yo hago es un crimen, que supriman la pena de muerte y reventaré de hambre en un rincón, como un perro. Pero si es necesario matar para tranquilidad de los buenos, entonces, ¿por qué se me odia? El fiscal que pide la cabeza del malo nada sería sin mí, que obedezco; todos somos ruedas de la misma máquina, y ¡vive Dios! que merecemos igual respeto, porque yo soy un funcionario... con treinta años de servicios.

El ogro

En todo el barrio del Pacífico era conocido aquel endiablado carretero, que alborotaba las calles con sus gritos y los furiosos chasquidos de su tralla. Los vecinos de la gran casa en cuyo bajo vivía habían contribuido a formar su mala reputación. ¡Hombre más atroz y malhablado! ¡Y luego dicen los periódicos que la policía detiene por blasfemos!

Pepe el carretero hacía méritos diariamente, según algunos vecinos, para que le cortaran la lengua y le llenasen la boca de plomo ardiendo, como en los mejores tiempos del Santo Oficio. Nada dejaba en paz, ni humano ni divino. Se sabía de memoria todos los nombres venerables del almanaque, únicamente por el gusto de *faltarles*, y así que se enfadaba con sus bestias y levantaba el látigo, no quedaba santo, por arrinconado que estuviese en alguna de las casillas del mes, al que no profanase con las más sucias expresiones. En fin, ¡un horror! Y lo más censurable era que, al encararse con sus tozudos animales, azuzándoles con blasfemias mejor que con latigazos, los chiquillos del barrio acudían para escucharle con perversa atención, regodeándose ante la fecundidad inagotable del maestro.

Los vecinos, molestados a todas horas por aquella interminable sarta de maldiciones, no sabían cómo librarse de ellas.

Acudían al del piso principal, un viejo avaro, que había alquilado la cochera a Pepe no encontrando mejor inquilino.

—No hagan ustedes caso —contestaba—. Consideren que es un carretero, y que para este oficio no se exigen exámenes de urbanidad. Tiene mala lengua, eso sí; pero es hombre muy formal y paga sin retrasarse un solo día. Un poco de caridad, señores.

A la mujer del maldito blasfemo la compadecían en toda la casa.

—No lo crean ustedes —decía riendo la pobre mujer—; no sufro nada de él. ¡Criatura más buena! Tiene su geniecillo, pero ¡ay hija! Dios nos libre del agua mansa... Es de oro; alguna copita para tomar fuerzas, pero nada de ser como otros, que se pasan el día como estacas frente al mostrador de la taberna. No se queda ni un céntimo de lo que gana, y eso que no tenemos familia, que es lo que más le gustaría.

Pero la pobre mujer no lograba convencer a nadie de la bondad de su Pepe. Bastaba verle. ¡Vaya una cara! En presidio las había mejores. Era nervudo, cuadrado, velloso como una fiera, la cara cobriza, con rudas protuberancias y profundos surcos, los ojos sanguinolentos y la nariz aplastada, granujienta, veteada de azul, con manojos de cerdas que asomaban como tentáculos de un erizo que dentro de su cráneo ocupase el lugar del cerebro.

A nada concedía respeto. Trataba de *reverendos* a los machos que le ayudaban a ganar el pan, y cuando en los ratos de descanso se sentaba a la puerta de la cochera, deletreaba penosamente, con vozarrón que se oía hasta en los últimos pisos, sus periódicos favoritos, los papeles más abominables que se publicaban en Madrid, y que algunas señoras miraban desde arriba con el mismo terror que si fuesen máquinas explosivas.

Aquel hombre, que ansiaba cataclismos y que soñaba con *la gorda*, pero muy gorda, vivía por ironía en el barrio del Pacífico.

La más leve cuestión de su mujer con las criadas le ponía fuera de sí, y abriendo el saco de las amenazas prometía subir para degollar a todos los vecinos y pegar fuego a la casa; cuatro gotas que cayesen en su patio desde las galerías bastaban para que de su bocaza infecta saliese la triste procesión de santos profanados, con acompañamiento de horripilantes profecías para el día en que las cosas fuesen rectas y los pobres subiesen encima, ocupando el lugar que les corresponde.

Pero su odio solo se limitaba a los mayores, a los que le temían, pues si algún muchacho de la vecindad pasaba por cerca de él, acogíale con una sonrisa semejante al bostezo del ogro, y extendiendo su mano callosa pretendía acariciarlo.

Como se había propuesto no dejar en paz a nadie en la casa, hasta se metía con la pobre *Loca*, una gata vagabunda que ejercía la rapiña en todas las habitaciones, pero cuyas correrías toleraban los vecinos porque con ella no quedaba rata viva.

Parió aquella bohemia de blanco y sedoso pelaje, y obligada a fijar domicilio para tranquilidad de su prole, escogió el patio del ogro, burlándose tal vez del terrible personaje.

Había que oír al carretero. ¿Era su patio algún corral para que viniesen a emporcarlo con sus crías los animales de la vecindad? De un momento a otro iba a enfadarse, y si él se enfadaba de veras, ¡pum! de la primera patada iban la *Loca* y sus cachorros a estrellarse en la pared de enfrente.

Pero mientras el ogro tomaba fuerzas para dar su terrible patada y la anunciaba a gritos cien veces al día, la prole felina seguía tranquilamente en un rincón, formando un revoltijo de pelos rojos y negros, en el que brillaban los ojos con lívida fosforescencia, y coreando irónicamente las amenazas del carretero: *¡Miau! ¡Miau!*

¡Bonito verano era aquel! Trabajo, poco, y un calor de infierno que irritaba el mal humor de Pepe y hacía hervir en su interior la caldera de las maldiciones, que se escapaban a borbotones por su boca.

La gente de *posibles* estaba allá lejos, en sus Biarritces y San Sebastianes, remojándose los pellejos, mientras él se tostaba en su cocherón. ¡Lástima que el mar no se saliera, para tragarse tanto *parásito*! No quedaba gente en Madrid y escaseaba el trabajo. Dos días sin enganchar el carro. Si esto seguía así, tendría que comerse con patatas a sus *reverendos*, a no ser que echase mano de sus aves de corral, que era el nombre que daba a la *Loca* y a sus hijuelos.

Fue en Agosto cuando, a las once de la mañana, tuvo que bajar a la estación del Mediodía para cargar unos muebles.

¡Vaya una hora! Ni una nube en el cielo y un Sol que sacaba chispas de las paredes y parecía reblandecer las losas de las aceras.

—¡Arre, valientes!... ¿Qué quieres tú, *Loca*?

Y mientras arreaba sus machos, alejaba con el pie a la blanca gata, que maullaba dolorosamente, intentando meterse bajo las ruedas.

—¿Pero qué quieres, maldita? ¡Atrás, que te va a reventar una rueda!

Y como quien hace una obra de caridad, largó al animal tan furioso latigazo, que lo dejó arrollado en un rincón, gimiendo de dolor.

Buena hora para trabajar. No podía mirarse a parte alguna sin sentir irritación en los ojos; la tierra quemaba; el viento ardía, como si todo Madrid estuviese en llamas; el polvo parecía incendiarse; paralizábanse lengua y garganta, y las moscas, locas de calor, revoloteaban por los labios del carretero o se pegaban al jadeante hocico de los animales en busca de frescura.

El ogro estaba cada vez más irritado conforme descendía la ardorosa cuesta, y mientras mascullaba sus palabrotas, animaba con el látigo a los machos, que caminaban desfallecidos, con la cabeza baja, casi rozando el suelo.

¡Maldito Sol! Era el pillo mayor de la creación. Éste sí que merecía le arreglasen las cuentas el día de *la gorda*, como enemigo de los pobres. En invierno mucho ocultarse, para que el jornalero tenga los miembros torpes y no sepa dónde están sus manos, para que caiga del andamio o le pille el carro bajo las ruedas. Y ahora, en verano, ¡eche usted rumbo! Fuego y más fuego, para que los pobres que se quedan en Madrid mueran como pollos en asador. ¡Hipocritón! De seguro que no molestaba tanto a los que se divertían en las playas de moda.

Y recordando a tres segadores andaluces muertos de asfixia, según había leído en uno de sus papeles, intentaba en vano mirar de frente al Sol y le amenazaba con el puño cerrado. ¡Asesino!... ¡Reaccionario!... ¡Lástima que no estés más abajo el día de *la gorda*!

Cuando llegó al depósito de mercancías, detúvose un momento a descansar. Se quitó la gorra, enjugose el sudor con las manos, y puesto a la sombra contempló todo el camino que acababa de atravesar. Aquello ardía. Y pensaba con terror en el regreso, cuesta arriba, jadeante, con el Sol a plomo sobre la cabeza y arreando sin parar a las caballerías, abrumadas por el calor. No era grande la distancia de allí a su casa, pero aunque le dijeran que en la cochera le esperaba el mismo Nuncio, no iba. ¡Qué había de ir!... Aun haciéndole bueno que con tal viajecito venía *la gorda*, lo pensaría antes de decidirse a subir la cuesta con aquel calor.

—¡Vaya! Menos historias y a trabajar.

Y levantó la tapa del gran capazo de esparto atado a los varales del carro, buscando su provisión de cuerdas. Pero su mano tropezó con unas cosas sedosas que se removían y sintió al mismo tiempo débiles arañazos en su callosa piel.

Los gruesos dedos hicieron presa, y salió a luz, cogido del pescuezo, un cachorro blanco, con las patas extendidas, el rabo enroscado por los estremecimientos del miedo y lanzando su triste *ñau ñau*, como quien pide misericordia.

La *Loca*, no contenta con convertir su patio en corral, se apoderaba del carro y metía la prole en el capazo para resguardarla del Sol. ¿No era aquello abusar de la paciencia de un hombre?... Se acabó todo. Y abarcando en sus manazas a los cinco gatitos, los arrojó en montón a sus pies. Iba a aplastarlos a patadas; lo juraba, ¡voto a esto y lo de más allá! Iba a hacer una tortilla de gatos.

Y mientras soltaba sus juramentos, sacábase de la faja el pañuelo de hierbas, lo extendía, colocaba sobre él aquel montón de pelos y maullidos, y atando las cuatro puntas echó a andar con el envoltorio, abandonando el carro.

Se lanzó a todo correr por aquel camino de fuego, aguantando el Sol con la cabeza baja, jadeante y echándose a pecho la cuesta que minutos antes no quería subir, aunque se lo mandase el Nuncio.

Algo terrible preparaba. La voluptuosidad del mal era sin duda lo que le daba fuerzas. Tal vez buscaba subir alto, muy alto, para desde la cresta de un desmonte aplastar su carga de gatos.

Pero se dirigió a su casa, y en la puerta le recibió la *Loca* con cabriolas de gozo, olisqueando el hinchado pañuelo, que se estremecía con palpitaciones de vida.

—Toma, perdida —dijo jadeante por el calor y el cansancio de la carrera—; aquí tienes tus granujas. Por esta vez pase, te lo perdono, porque eres un animal y no sabes cómo las gasta Pepe el carretero. Pero otra vez... ¡hum!... a la otra...

Y no pudiendo decir más palabras sin intercalar juramentos, el ogro volvió la espalda y fue corriendo en busca de su carro, otra vez cuesta abajo, echando demonios contra aquel Sol enemigo de los pobres. Pero aunque el calor aumentaba, parecíale al pobre ogro que algo le había refrescado interiormente.

La barca abandonada

Era la playa de Torresalinas, con sus numerosas barcas en seco, el lugar de reunión de toda la gente marinera. Los chiquillos, tendidos sobre el vientre, jugaban a la *carteta* a la sombra de las embarcaciones; y los viejos, fumando sus pipas de barro traídas de Argel, hablaban de la pesca o de las magníficas expediciones que se hacían en otros tiempos a Gibraltar y a la costa de África, antes que al demonio se le ocurriera inventar eso que llaman la Tabacalera.

Los botes ligeros, con sus vientres blancos y azules y el mástil graciosamente inclinado, formaban una fila avanzada al borde de la playa, donde se deshacían las olas y una delgada lámina de agua bruñía el suelo cual si fuese de cristal; detrás, con la embetunada panza sobre la arena, estaban las negras barcas del *bòu*, las parejas que aguardaban el invierno para lanzarse al mar, barriéndolo con su cola de redes; y en último término, los laúdes en reparación, los abuelos, junto a los cuales agitábanse los calafates, embadurnándoles los flancos con caliente alquitrán, para que otra vez volviesen a emprender sus penosas y monótonas navegaciones por el Mediterráneo: unas veces a las Baleares con sal, otras a la costa de Argel con frutas de la huerta levantina, y muchas con melones y patatas para los soldados rojos de Gibraltar.

En el curso de un año, la playa cambiaba de vecinos; los laúdes ya reparados se hacían a la mar y las embarcaciones de pesca eran armadas y lanzadas al agua; solo una barca abandonada y sin arboladura permanecía enclavada en la arena, triste, solitaria, sin otra compañía que la del carabinero que se sentaba a su sombra.

El Sol había derretido su pintura; las tablas se agrietaban y crujían con la sequedad, y la arena, arrastrada por el viento, había invadido su cubierta. Pero su perfil fino, sus flancos recogidos y la gallardía de su construcción delataban una embarcación ligera y audaz, hecha para locas carreras, con desprecio a los peligros del mar. Tenía la triste belleza de esos caballos viejos que fueron briosos corceles y caen abandonados y débiles sobre la arena de la plaza de toros.

Hasta de nombre carecía. La popa estaba lisa y en los costados ni una señal del número de filiación y nombre de la matrícula, un ser desconocido que se moría entre aquellas otras barcas, orgullosas de sus pomposos nombres, como mueren en el mundo algunos, sin desgarrar el misterio de su vida.

Pero el incógnito de la barca solo era aparente. Todos la conocían en Torresalinas, y no hablaban de ella sin sonreír y guiñar un ojo, como si les recordase algo que excitaba malicioso regocijo.

Una mañana, a la sombra de la barca abandonada, cuando el mar hervía bajo el Sol y parecía un cielo de noche de verano, azul y espolvoreado de puntos de luz, un viejo pescador me contó la historia.

—Este falucho —dijo acariciándole con una palmada el vientre seco y arenoso— es *El Socarrao*, el barco más valiente y más conocido de cuantos se hacen al mar desde Alicante a Cartagena. ¡Virgen Santísima! ¡El dinero que lleva ganado este *condenao*! ¡Los duros que han salido de ahí dentro! Lo menos lleva hechos veinte viajes desde Orán a estas costas, y siempre con la panza bien repleta de fardos.

El bizarro y extraño nombre de *Socarrao* me admiraba algo, y de ello se apercibió el pescador.

—Son motes, caballero; apodos que aquí tenemos, lo mismo los hombres que las barcas. Es inútil que el cura gaste sus latines con nosotros; aquí quien bautiza de veras es la gente. A mí me llaman Felipe; pero si algún día me busca usted, pregunte por *Castelar*, pues así me conocen, porque me gusta hablar con las personas y en la taberna soy el único que puede leer el periódico a los compañeros. Ese muchacho que pasa con el cesto de pescado es *Chispas*, a su patrón le llaman *El Cano*, y así estamos bautizados todos. Los amos de las barcas se calientan el caletre buscando un nombre bonito para pintarlo en la popa. Una, la *Purísima Concepción*; otra, *Rosa del Mar*; aquélla, *Los Dos Amigos*; pero llega la gente con su manía de sacar motes, y se llaman *La Pava*, *El Lorito*, *La Medio Rollo*, y gracias que no las distingan con nombres menos decentes. Un hermano mío tiene la barca más hermosa de toda la matrícula; la bautizamos con el nombre de mi hija: *Camila*; pero la pintamos de amarillo y blanco, y el día del bautizo se le ocurrió decir a un pillo de la playa que parecía un huevo frito. ¿Querrá usted creerlo? Solo con este apodo la conocen.

—Bien —le interrumpí—; pero ¿y *El Socarrao*?

—Su verdadero nombre era *El Resuelto*, pero por la prontitud con que maniobraba y la furia con que acometía los golpes de mar, dieron en llamarle *El Socarrao*, como a una persona de mal genio... Y ahora vamos a lo que le ocurrió a este pobre *Socarraíco* hace poco más de un año, la última vez que vino de Orán.

Miró el viejo a todos lados, y convencido de que estábamos solos, dijo con sonrisa bonachona:

—Yo iba en él, ¿sabe usted? Esto no lo ignora nadie en el pueblo; pero si yo se lo digo es porque estamos solos y usted no irá después a hacerme daño. ¡Qué demonio! Haber ido en *El Socarrao* no es ninguna deshonra. Todo eso de aduanas y carabineros y barquillas de la Tabacalera no lo ha creado Dios: lo inventó el gobierno para hacernos daño a los pobres, y el contrabando no es pecado, sino un medio muy honroso de ganarse el pan exponiendo la piel en el mar y la libertad en tierra. Oficio de hombres enteros y valientes como Dios manda.

Yo he conocido los buenos tiempos. Cada mes se hacían dos viajes, y el dinero rodaba por el pueblo que era un gusto. Había para todos: para los de uniforme, pobrecitos que no saben cómo mantener su familia con dos pesetas, y para nosotros la gente de mar.

Pero el negocio se puso cada vez peor, y *El Socarrao* hacía sus viajes de tarde en tarde, con mucho cuidado, pues le constaba al patrón que nos tenían entre ojos y deseaban meternos mano.

En la última correría íbamos ocho hombres a bordo. En la madrugada habíamos salido de Orán, y a mediodía, estando a la altura de Cartagena, vimos en el horizonte una nubecilla negra, y al poco rato un vapor que todos conocimos. Mejor hubiéramos visto asomar una tormenta. Era el cañonero de Alicante.

Soplaba buen viento. Íbamos en popa, con toda la gran vela de frente y el foque tendido. Pero con estas invenciones de los hombres, la vela ya no es nada, y el buen marinero aún vale menos.

No es que nos alcanzaban, no señor. ¡Bueno es *El Socarrao* para dejarse atrapar teniendo viento! Navegábamos como un delfín, con el casco inclinado y las olas lamiendo la cubierta; pero en el cañonero apretaban las máquinas, y cada vez veíamos más grande el barco, aunque no por esto per-díamos mucha distancia. ¡Ah! ¡Si hubiéramos estado a media tarde! Habría cerrado la noche antes que nos alcanzara, y cualquiera nos encuentra en la oscuridad. Pero aún quedaba mucho día, y corriendo a lo largo de la costa era indudable que nos pillarían antes del anochecer.

El patrón manejaba la barra con el cuidado de quien tiene toda su fortuna pendiente de una mala virada. Una nubecilla blanca se desprendió del vapor y oímos el estampido de un cañonazo.

Como no vimos la bala, comenzamos a reír, satisfechos y hasta orgullosos de que nos avisasen tan ruidosamente.

Otro cañonazo, pero esta vez con malicia. Nos pareció que un gran pájaro pasaba silbando sobre la barca, y la antena se vino abajo con el cordaje roto y la vela desgarrada. Nos habían desarbolado, y al caer el aparejo le rompió una pierna a uno de la tripulación.

Confieso que temblamos un poco. Nos veíamos cogidos, y ¡qué demonio! ir a la cárcel como un ladrón por ganar el pan de la familia es algo más te-mible que una noche de tormenta. Pero el patrón de *El Socarrao* es hombre que vale tanto como su barca.

—Chicos, eso no es nada. Sacad la vela nueva. Si sois listos no nos co-gerán.

No hablaba a sordos, y como listos no había más que pedirnos. El pobre compañero se revolvía como una lagartija, tendido en la proa, tentándose la pierna rota, lanzando alaridos y pidiendo por todos los santos un trago de agua: ¡para contemplaciones estaba el tiempo! Nosotros fingíamos no oírle, atentos únicamente a nuestra faena, separando el cordaje y atando a la an-tena la vela de repuesto, que izamos a los diez minutos.

El patrón cambió el rumbo. Era inútil resistir en el mar a aquel enemigo que andaba con humo y escupía balas. ¡A tierra, y que fuese lo que Dios quisiera!

Estábamos frente a Torresalinas. Todos éramos de aquí y contábamos con los amigos. El cañonero, viéndonos con rumbo a tierra, no disparó más. Nos tenía cogidos, y seguro de su triunfo ya no extremaba la marcha. La gente que estaba en esta playa no tardó en vernos, y la noticia circuló por todo el pueblo. ¡*El Socarrao* venía perseguido por un cañonero!

Había que ver lo que ocurrió. Una verdadera revolución: créame usted, caballero. Medio pueblo era pariente nuestro, y los demás comían más o menos directamente del *negocio*. Esta playa parecía un hormiguero. Hombres, mujeres y chiquillos nos seguían con mirada ansiosa, lanzando gritos de satisfacción al ver cómo nuestra barca, haciendo un último esfuerzo, se adelantaba cada vez más a su perseguidor, llevándole una media hora de ventaja.

Hasta el alcalde estaba aquí, para servir en lo que fuera bueno. Y los carabineros, excelentes muchachos que viven entre nosotros y son casi de la familia, hacíanse a un lado, comprendiendo la situación y no queriendo perder a unos pobres.

—¡A tierra, muchachos! —gritaba nuestro patrón—. Vamos a embarrancar. Lo que importa es poner en salvo fardos y personas. *El Socarrao* ya sabrá salir de este mal paso.

Y sin plegar casi el trapo, embestimos la playa, clavando la proa en la arena. ¡Señor, qué modo de trabajar! Aún me parece un sueño cuando lo recuerdo. Todo el pueblo se tiró sobre la barca, la tomó por asalto: los chicuelos se deslizaban como ratas en la cala.

—¡Aprisa! ¡Aprisa! ¡Que vienen los del gobierno!

Los fardos saltaban de la cubierta: caían en el agua, donde los recogían los hombres descalzos y las mujeres con la falda entre las piernas; unos desaparecían por aquí; otros se iban por allá; fue aquello visto y no visto, y en poco rato desapareció el cargamento, como si lo hubiera tragado la arena. Una oleada de tabaco inundaba a Torresalinas, filtrándose en todas las casas.

El alcalde intervino paternalmente.

—Hombre, es demasiado —dijo al patrón—. Todo se lo llevan, y los carabineros se quejarán. Dejad al menos algunos bultos para justificar la aprehensión.

Nuestro amo estaba conforme.

—Bueno; haced unos cuantos bultos con dos fardos de la peor picadura. Que se contenten con eso.

Y se alejó hacia el pueblo, llevándose en el pecho toda la documentación de la barca. Pero aún se detuvo un momento, porque aquel diablo de hombre estaba en todo.

—¡Los folios! ¡Borrad los folios!

Parecía que a la barca le habían salido patas. Estaba ya fuera del agua y se arrastraba por la arena en medio de aquella multitud que bullía y trabajaba, animándose con alegres gritos.

—¡Qué chasco! ¡Qué chasco se llevarán los del gobierno!

El compañero de la pierna rota era llevado en alto por su mujer y su madre. El pobrecillo gemía de dolor a cada movimiento brusco, pero se tragaba las lágrimas y reía también como los otros, viendo que el cargamento se salvaba y pensando en aquel chasco que hacía reír a todos.

Cuando los últimos fardos se perdieron en las calles de Torresalinas, comenzó la rapiña de la barca. El gentío se llevó las velas, las anclas, los remos: hasta desmontamos el mástil, que se cargó en hombros una turba de muchachos, llevándolo en procesión al otro extremo del pueblo. La barca quedó hecha un pontón, tan pelada como usted la ve.

Y mientras tanto, los calafates, brocha en mano, pinta que pinta. *El Socarrao* se desfiguraba como un burro de gitano. Con cuatro brochazos fue borrado el nombre de popa; y de los folios de los costados, de esos malditos letreros, que son la cédula de toda embarcación, no quedó ni rastro.

El cañonero echó anclas al mismo tiempo que desaparecían en la entrada del pueblo los últimos despojos de la barca. Yo me quedé en este sitio, queriendo verlo todo, y para mayor disimulo ayudaba a unos amigos que echaban al mar una lancha de pesca.

El cañonero envió un bote armado, y saltaron a tierra no sé cuántos hombres con fusil y bayoneta. El contramaestre, que iba al frente, juraba furioso mirando a *El Socarrao* y a los carabineros, que se habían apoderado de él.

Todo el vecindario de Torresalinas se reía a aquellas horas, celebrando el chasco, y aún hubiera reído más, viendo, como yo, la cara que ponía aquella gente al encontrar por todo cargamento unos cuantos bultos de tabaco malo.

—¿Y qué pasó después? —pregunté al viejo—. ¿No castigaron a nadie?

—¿A quién? Únicamente podían castigar al pobre *Socarrao*, que quedó prisionero. Se ensució mucho papel y medio pueblo fue a declarar; pero nadie sabía nada. ¿De qué matrícula era el barco? Silencio; nadie le había visto los folios. ¿Quiénes lo tripulaban? Unos hombres que al varar habían echado a correr tierra adentro. Y nadie sabía más.

—¿Y el cargamento? —dije yo.

—Lo vendimos completo. Usted no sabe lo que es la pobreza. Cuando embarrancamos, cada uno agarró el fardo que tenía más a mano y echó a correr para esconderlo en su casa. Pero al día siguiente estaban todos a disposición del patrón: no se perdió ni una libra de tabaco. Los que exponen la vida por el pan y todos los días le ven la cara a la muerte, están más libres de tentaciones que los otros...

—Desde entonces —continuó el viejo— que está aquí preso el pobre *Socarrao*. Pero no tardará en hacerse a la mar con su antiguo amo. Parece que ha terminado el papeleo; lo sacarán a subasta, y se lo quedará el patrón por lo que quiera dar.

—¿Y si otro da más?

—¿Y quién ha de ser ese? ¿Somos acaso bandidos? Todo el pueblo sabe quién es el verdadero amo de la barca abandonada, y nadie tiene tan mal corazón que intente perjudicarle. Aquí hay mucha honradez. A cada uno lo que sea suyo: el mar, que es de Dios, para nosotros los pobres, que hemos de sacar el pan de él, aunque no quiera el gobierno.

El maniquí

Nueve años habían transcurrido desde que Luis Santurce se separó de su mujer. Después la había visto envuelta en sedas y tules en el fondo de elegante carruaje, pasando ante él como un relámpago de belleza, o la había adivinado desde el *paraíso* del Real, allá abajo, en un palco, rodeada de señores que se disputaban el murmurar algo a su oído para hacer gala de una intimidad sonriente.

Estos encuentros removían en él todo el sedimento de la pasada ira: había huido siempre de su mujer como enfermo que teme el recrudecimiento de sus dolencias, y sin embargo, ahora iba a su encuentro, a verla y hablarla en aquel hotel de la Castellana, cuyo lujo insolente era el testimonio de su deshonra.

Los rudos movimientos del coche de alquiler parecían hacer saltar los recuerdos del pasado de todos los rincones de su memoria. Aquella vida que no quería recordar, iba desarrollándose ante sus ojos cerrados: su Luna de miel de empleado modesto casado con una mujer bonita y educada, hija de una familia *venida a menos*; la felicidad de aquel primer año de pobreza endulzado por el cariño; después, las protestas de Enriqueta revolviéndose contra la estrechez; el sordo disgusto al oírse llamar hermosa por todos y verse humildemente vestida; los disgustos surgiendo por el más leve motivo; las reyertas a media noche en la alcoba conyugal; las sospechas royendo poco a poco la confianza del marido, y de repente el ascenso inesperado, el bienestar material colándose por las puertas, primero tímidamente, como evitando el escándalo; después con insolente ostentación, como creyendo entrar en un mundo de ciegos, hasta que ya por fin Luis tuvo la prueba indudable de su desgracia. Se avergonzaba al recordar su debilidad. No era un cobarde, estaba seguro de ello, pero le faltaba voluntad o la amaba demasiado, y por esto, cuando tras un vergonzoso espionaje se convenció de su deshonra, solo supo levantar la crispada mano sobre aquella hermosa cara de muñeca pálida, y acabó por no descargar el golpe. Solo tuvo fuerzas para arrojarla de la casa y llorar como un niño abandonado apenas cerró la puerta.

Después, la soledad completa, la monotonía del aislamiento, interrumpida por noticias que le hacían daño. Su mujer viajaba por el centro de Europa como una princesa; un millonario *la había lanzado*; aquella era su verdadera existencia, para aquello había nacido. Todo un invierno llamó la atención en París; los periódicos hablaban de la hermosa española; sus triunfos en las playas de moda eran ruidosos, se buscaba como un honor arruinarse por ella, y varios duelos y ciertos rumores de suicidio formaban en torno de su nombre un ambiente de leyenda. Después de tres años de correría triunfal, volvió a Madrid, acrecentada su hermosura por el extraño encanto del cosmopolitismo. Ahora la protegía el más rico negociante de España, y en su espléndido hotel reinaba sobre una corte solo de hombres: ministros, banqueros, políticos influyentes, personajes de todas clases que buscaban su sonrisa como la mejor de sus condecoraciones.

Tan grande era su poder, que hasta Luis creía sentirlo en torno de su persona, viendo que se sucedían las situaciones políticas sin que le tocasen su empleo. El miedo a combatir por el sostenimiento de la vida le hacía aceptar aquella situación, en la que adivinaba la mano oculta de Enriqueta. Solo y condenado a trabajar para vivir, sentía, sin embargo, la vergüenza del miserable que tiene como único mérito ser esposo de una mujer hermosa. Todo su valor consistía en huir cuando la encontraba a su paso, insolente y triunfadora en su deshonra; huir perseguido por aquellos ojos que se fijaban en él con sorpresa, perdiendo su altivez de mujer codiciada.

Un día recibió la visita de un cura viejo y de aspecto tímido; el mismo que ahora iba sentado junto a él en el coche. Era el confesor de su mujer. ¡Bien había sabido escogerlo! Un señor bondadoso, de cortos alcances. Cuando dijo quién le enviaba, Luis no pudo contenerse: «¡Valiente tal!», y soltó redondo el insulto. Pero imperturbable el buen viejo, como quien trae aprendido el discurso y lo teme olvidar si tarda en soltarlo, le habló de Magdalena pecadora; del Señor, que siendo quien era, la había perdonado; y pasando al estilo llano y natural, contó la transformación sufrida por Enriqueta. Estaba enferma; apenas si salía de su hotel; una enfermedad que roía sus entrañas, un cáncer al que había que domar con continuas inyecciones de morfina para que no la hiciera desfallecer y rugir de dolor con sus crueles arañazos.

La desgracia la había hecho volver sus ojos a Dios; se arrepentía del pasado, quería verle...

Y él, el hombre cobarde, saltaba de gozo al oír esto, con la satisfacción del débil que se ve vengado. ¡Un cáncer!... ¡El maldito lujo que se pudría dentro de ella, haciéndola morir en vida! Y siempre tan hermosa, ¿verdad? ¡Qué dulce venganza!... No; no iría a verla. Era inútil que el cura buscase argumentos. Podía visitarle cuando quisiera y darle noticias de su mujer: aquello le alegraba mucho; ahora comprendía por qué los hombres son malos.

Desde entonces el cura le visitaba casi todas las tardes, para fumar unos cuantos cigarros, hablando de Enriqueta, y alguna vez salían juntos, paseando por las afueras de Madrid como antiguos amigos.

La enfermedad avanzaba rápidamente; Enriqueta estaba convencida de que iba a morir. Quería verle para implorar su perdón; así lo pedía, con tono de niña caprichosa y enferma que exige un juguete. Hasta *el otro*, el protector poderoso, dócil a pesar de su omnipotencia, le suplicaba al cura que llevase al hotel al marido de Enriqueta. El buen viejo hablaba con fervor de la conmovedora conversión de la señora, aunque confesando que el maldito lujo, perdición de tantas almas, todavía la dominaba. La enfermedad la tenía prisionera en su casa; pero en los momentos de calma, cuando el pícaro dolor no la hacía ir de un lado a otro como una loca, hojeaba catálogos y figurines de París, escribía a sus proveedores de allá, y rara era la semana en que no llegaban cajones con las últimas novedades: trajes, sombreros y joyas que, después de contemplados y manoseados un día en el cerrado dormitorio, caían en los rincones o se ocultaban para siempre en los armarios, como juguetes inútiles. Por todos estos caprichos pasaba *el otro*, con tal de ver a Enriqueta sonriente.

Estas continuas confidencias hacían penetrar lentamente a Luis en la vida de su mujer; seguía de lejos el curso de su enfermedad y no pasaba día sin que mentalmente se rozase con aquel ser, del que se había apartado para siempre.

Una tarde se presentó el cura con desusada energía. Aquella señora estaba en las últimas, le llamaba a gritos; era un crimen negar el último consuelo a una moribunda, y él no lo consentía. Sentíase capaz de llevárselo a viva fuerza. Luis, vencido por la voluntad del viejo, se dejó arrastrar y subió a un coche, insultándose mentalmente, pero sin fuerzas para retroceder... ¡Cobarde! ¡Cobarde para siempre!

En pos de la negra sotana atravesó el jardín del hotel que tantas veces, al pasar por el inmediato paseo, había espiado con miradas de odio... Y ahora, nada; ni odio ni dolor: un vivo sentimiento de curiosidad, como el que entra en país desconocido, paladeando anticipadamente las maravillas que espera ver.

Dentro del hotel la misma impresión de curiosidad y asombro. ¡Ah, miserable! ¡Cuántas veces, en los ensueños de su voluntad impotente, se había visto entrando en aquella casa como un marido de drama, el arma en la mano para matar a la esposa infiel, y destrozando después, como una fiera loca, los muebles costosos, los ricos cortinajes, las mullidas alfombras! Y ahora la blandura que sentía bajo sus pies, los bellos colores por los que resbalaba su mirada, las flores que le saludaban con su perfume desde los rincones, causábanle una embriaguez de eunuco, y sentía impulsos de tenderse en aquellos muebles, de tomar posesión, como si le pertenecieran, por ser de su mujer. Ahora comprendía lo que era la riqueza y con qué fuerza pesaba sobre sus esclavos. Estaba ya en el primer piso, y ni siquiera había percibido, en la calma solemne del hotel, ninguno de esos detalles con que se revela la muerte al entrar en una casa.

Vio criados tras cuya máscara impasible creyó percibir un gesto de curiosidad insolente: una doncella le saludó con enigmática sonrisa, que no se sabía si era de simpatía o de burla para «el marido de la señora»; creyó distinguir en una habitación inmediata un señor que se ocultaba (tal vez era *el otro*); y aturdido por aquel mundo nuevo, atravesó una puerta, empujado suavemente por su guía.

Estaba en el dormitorio de la señora: una habitación sumida en suave penumbra, que rasgaba una faja de Sol filtrándose por un balcón entreabierto.

En medio de este rayo de luz estaba una mujer erguida, esbelta, sonrosada, vestida con un hermoso traje de *soirée*, las nacaradas espaldas surgiendo de entre nubes de blondas, y el pecho y la cabeza deslumbrantes con el centelleo de las joyas. Luis retrocedió asombrado, protestando de la farsa. ¿Aquella era la enferma? ¿Le habían llamado para insultarle?

—¡Luis... Luis!... —gimió tras él una voz débil, con entonación infantil y suave, que le recordaba el pasado, los mejores instantes de su vida.

Sus ojos, acostumbrados ya a la oscuridad, vieron en el fondo de la habitación algo monumental e imponente como un altar: una cama con gradas, y en la cual, bajo los ondulantes cortinajes, se incorporaba trabajosamente una figura blanca.

Entonces se fijó en la mujer inmóvil, que parecía esperarle con su esbelta rigidez y sus ojos de vaga mirada, como empañados por lágrimas. Era un artístico maniquí que guardaba cierta semejanza con Enriqueta. La servía para poder contemplar mejor aquellas novedades que continuamente recibía de París. Era el único actor de las representaciones de elegancia y riqueza que se daba a solas para remedio de su enfermedad.

—¡Luis... Luis!... —volvió a gemir la vocecita desde el fondo de la cama.

Tristemente fue Luis hacia ella para verse agarrado por unos brazos que le apretaron convulsivamente y sentir una boca ardorosa que buscaba la suya, implorando perdón, al mismo tiempo que en una mejilla recibía la tibia caricia de las lágrimas.

—Di que me perdonas; dilo, Luis, y tal vez no me muera.

Y el marido, que instintivamente intentaba repelerla, acabó por abandonarse entre aquellos brazos, repitiendo sin darse cuenta las mismas palabras cariñosas de los tiempos felices. Ante sus ojos, habituados a la oscuridad, iba marcándose con todos sus detalles el rostro de su mujer.

—¡Luis, Luis mío! —decía ella sonriendo en medio de las lágrimas—. ¿Cómo me encuentras? Ya no soy tan hermosa como en nuestros tiempos de felicidad... cuando yo aún no era loca. Dime, ¡por Dios! dime qué te parezco.

Su marido la miraba con asombro. Hermosa, siempre hermosa, aquella belleza infantil e ingenua que tan temible la hacía. La muerte aún no estaba allí: únicamente por entre el suave perfume de aquella carne soberana, de aquel lecho majestuoso, parecía deslizarse un vaho sutil y lejano de materia muerta, algo que delataba la interior descomposición que se mezclaba en sus besos.

Luis adivinó la presencia de alguien detrás de él. Un hombre estaba a pocos pasos, contemplándolos con expresión confusa, como atraído allí por un impulso superior a la voluntad que le avergonzaba. El marido de Enriqueta conocía, como media nación, la austera cara de aquel señor ya entrado en años, hombre de sanos principios, gran defensor de la moral pública.

—¡Dile que se vaya, Luis! —gritó la enferma—. ¿Qué hace ahí ese hombre? Yo solo te quiero a ti... solo quiero a mi marido. Perdóname... fue el lujo, el maldito lujo: necesitaba dinero, mucho dinero; pero amar... solo a ti.

Enriqueta lloraba mostrando su arrepentimiento, y aquel hombre lloraba también, débil y humilde ante el desprecio.

Luis, que tantas veces había pensado en él con arrebatos de cólera, y que al verle había sentido impulsos de arrojarse a su cuello, acabó por mirarle con simpatía y respeto. ¡También la amaba! Y la comunidad en el afecto, en vez de repelerlos, ligaba al marido y al *otro* con una simpatía extraña.

—Que se vaya, que se vaya —repetía la enferma con una terquedad infantil.

Y su marido miraba al hombre poderoso con expresión suplicante, como si pidiera perdón para su mujer, que no sabía lo que decía.

—Vamos, doña Enriqueta —dijo desde el fondo de la habitación la voz del cura—. Piense usted en sí misma y en Dios: no incurra en el pecado de soberbia.

Los dos hombres, el marido y el protector, acabaron por sentarse junto al lecho de la enferma. El dolor la hacía rugir, había que darla frecuentes inyecciones, y los dos acudían solícitos a su cuidado. Varias veces se tropezaron sus manos al incorporar a Enriqueta, y no los separó una repulsión instintiva; antes bien, se ayudaban con efusión fraternal.

Luis encontraba cada vez más simpático a aquel buen señor, de trato tan llano a pesar de sus millones, y que lloraba a su mujer más aún que él. Durante la noche, cuando la enferma descansaba bajo la acción de la morfina, los dos hombres, compenetrados por aquella velada de sufrimientos, conversaban en voz baja, sin que en sus palabras se notara el menor dejo de remoto odio. Eran como hermanos reconciliados por el amor.

Al amanecer murió Enriqueta repitiendo: «¡Perdón! ¡perdón!» Pero su última mirada no fue para el marido. Aquel hermoso pájaro sin seso levantó el vuelo para siempre acariciando con los ojos el maniquí de eterna sonrisa y mirada vidriosa; el ídolo del lujo, que erguía cerca del balcón su cabeza hueca, sobre la cual, con infernal fulgor, centelleaban los brillantes, heridos por la azulada luz del alba.

La paella del Prócer

Fue un día de fiesta para la cabeza del distrito la repentina visita del diputado, un señorón de Madrid, tan poderoso para aquellas buenas gentes, que hablaban de él como de la Santísima Providencia. Hubo gran *paella* en el huerto del alcalde; un festín pantagruélico, amenizado por la banda del pueblo y contemplado por todas las mujeres y chiquillos, que asomaban curiosos tras las tapias.

La flor del distrito estaba allí: los curas de cuatro o cinco pueblos, pues el diputado era defensor del orden y los sanos principios; los alcaldes y todos los muñidores que en tiempos de elección trotaban por los caminos trayéndole a don José las actas incólumes para que manchase su blanca virginidad con cifras monstruosas.

Entre las sotanas nuevas y los trajes de fiesta oliendo a alcanfor y con los pliegues del arca, destacábanse majestuosos los lentes de oro y el negro chaqué del diputado; pero a pesar de toda su prosopopeya, la Providencia del distrito apenas si llamaba la atención.

Todas las miradas eran para un hombrecillo con calzones de pana y negro pañuelo en la cabeza, enjuto, bronceado, de fuertes quijadas, y que tenía al lado un pesado retaco, no cambiando de asiento sin llevar tras sí la vieja arma, que parecía un adherente de su cuerpo.

Era el famoso Quico *Bolsón*, el héroe del distrito, un *roder* con treinta años de hazañas, al que miraba la gente joven con terror casi supersticioso, recordando su niñez, cuando las madres decían para hacerles callar: «¡Que viene *Bolsón*!»

A los veinte años tumbó a dos por cuestión de amores; y después al monte con el retaco, a hacer la vida de *roder*, de caballero andante de la sierra. Más de cuarenta procesos estaban en suspenso, esperando que tuviera la bondad de dejarse coger. ¡Pero bueno era él! Saltaba como una cabra, conocía todos los rincones de la sierra, partía de un balazo una moneda en el aire, y la Guardia civil, cansada de correrías infructuosas, acabó por no verle.

Ladrón... eso nunca. Tenía sus desplantes de caballero; comía en el monte lo que le daban por admiración o miedo los de las masías, y si salía en el distrito algún ratero, pronto le alcanzaba su retaco; él tenía su honradez y no quería cargar con robos ajenos. Sangre... eso sí, hasta los codos. Para él un hombre valía menos que una piedra del camino; aquella bestia feroz usaba magistralmente todas las suertes de matar al enemigo: con bala, con navaja; frente a frente, si tenían agallas para ir en su busca; a la espera y embosca-do, si eran tan recelosos y astutos como él. Por celos había ido suprimiendo a los otros *roders* que infestaban la sierra; en los caminos, uno hoy y otro mañana, había asesinado a antiguos enemigos, y muchas veces bajó a los pueblos en domingo para dejar tendidos en la plaza, a la salida de la misa mayor, a alcaldes o propietarios influyentes.

Ya no le molestaban ni le perseguían. Mataba por pasión política a hom-bres que apenas conocía, por asegurar el triunfo de don José, eterno re-presentante del distrito. La bestia feroz era, sin darse cuenta de ello, una garra del gran pólipo electoral que se agitaba allá lejos, en el Ministerio de la Gobernación.

Vivía en un pueblo cercano, casado con la mujer que le impulsó a matar por vez primera, rodeado de hijos, paternal, bondadoso, fumando cigarros con la Guardia civil, que obedecía órdenes superiores, y cuando a raíz de alguna hazaña había que fingir que le perseguían, pasaba algunos días ca-zando en el monte, entreteniendo su buen pulso de tirador.

Había que ver cómo le obsequiaban y atendían durante la *paella* los nota-bles del distrito. «*Bolsón*, este pedazo de pollo; *Bolsón*, un trago de vino.» Y hasta los curas, riendo con un *¡jo jo!* bondadosote, le daban palmaditas en la espalda, diciendo paternalmente: «*¡Ay Bolsonet, qué mal eres!*»

Por él se celebraba aquella fiesta. Solo por él se había detenido en la cabeza del distrito el majestuoso don José, de paso para Valencia. Quería tranquilizarle y que cesase en sus quejas, cada vez más alarmantes.

Como premio por sus atropellos en las elecciones, le había prometido el indulto, y *Bolsón*, que se sentía viejo y ansiaba vivir tranquilo como un labra-dor honrado, obedecía al señor todopoderoso, creyendo en su rudeza que cada barbaridad, cada crimen, aceleraba su perdón.

Pero pasaban los años, todo eran promesas, y el *roder*, creyendo firme-mente en la omnipotencia del diputado, achacaba a desprecio o descuido la tardanza del indulto.

La sumisión trocose en amenaza, y don José sintió el miedo del domador ante la fiera que se rebela. El *roder* le escribía a Madrid todas las semanas con tono amenazador. Y estas cartas, garrapateadas por la sangrienta zarpa de aquel bruto, acabaron por obsesionarle, por obligarle a marchar al distrito.

Había que verles después de la *paella*, hablando en un rincón del huerto; el diputado, obsequioso y amable. *Bolsón*, cejijunto y malhumorado.

—He venido solo por verte —decía don José, recalcando el honor que le concedía con su visita—. ¿Pero qué son esas prisas? ¿No estás bien, querido Quico? Te he recomendado al gobernador de la provincia; la Guardia civil nada te dice... ¿qué te falta?

Nada y todo. Es verdad que no le molestaban, pero aquello era inseguro, podían cambiar los tiempos y tener que volver al monte. Él quería lo prometido: el indulto, *¡recordóns!* Y formulaba su pretensión tan pronto en valenciano como en un castellano de pronunciación ininteligible.

—Lo tendrás, hombre, lo tendrás. Está al caer; un día de estos será.

Sonrió *Bolsón* con ironía cruel. No era tan bruto como le creían. Había consultado a un abogado de Valencia, que se había reído de él y del indulto. Tenía que dejarse coger, cargarse con paciencia los doscientos o trescientos años que podrían salirle en innumerables sentencias, y cuando hubiese extinguido una parte de presidio, como quien dice de aquí a cien años, podría venir el tal indulto. ¡Recristo! Basta de broma: de él no se burlaba nadie.

El diputado se inmutó viendo casi perdida la confianza del *roder*.

—Ese abogado es un ignorante. ¿Crees tú que para el gobierno hay algo imposible? Cuenta con que pronto saldrás de penas: te lo juro.

Y le anonadó con su charla; le encantó con su palabrería, conociendo de antiguo el poder de sus habilidades de parlanchín sobre aquella cabeza fosca.

Recobró el *roder* poco a poco su confianza en el diputado. Esperaría; pero un mes nada más. Si después de este plazo no llegaba el indulto, no escribiría, no molestaría más. Él era un diputado, un gran señor, pero para las balas solo hay hombres.

Y despidiéndose con esta amenaza, requirió el retaco y saludó a toda la reunión. Regresaba a su pueblo; quería aprovechar la tarde, pues hombres como él solo corren los caminos de noche cuando hay necesidad.

Le acompañaba el carnicero de su pueblo, un mocetón admirador de su fuerza y su destreza, un satélite que le seguía a todas partes.

El diputado los despidió con afabilidad felina.

—Adiós, querido Quico —dijo estrechando la mano del *roder*—. Calma, que pronto saldrás de penas. Que estén buenos tus chicos, y dile a tu mujer que aún recuerdo lo bien que me trató cuando estuve en vuestra casa.

El *roder* y su acólito tomaron asiento en la tartana de su pueblo, entre tres vecinas que saludaron con afecto al *siñor Quico* y unos cuantos chicuelos que pasaban las manos por el cargado retaco como si fuese una santa imagen.

La tartana avanzaba dando tumbos por entre los huertos de naranjos, cargados de flor de azahar. Brillaban las acequias, reflejando el dulce Sol de la tarde, y por el espacio pasaba la tibia respiración de la primavera impregnada de perfumes y rumores.

Bolsón iba contento. Cien veces le habían prometido el indulto, pero ahora era de veras. Su admirador y escudero le oía silencioso.

Vieron en el camino una pareja de la Guardia civil, y *Bolsón* la saludó amigablemente.

En una revuelta apareció una segunda pareja, y el carnicero moviose en su asiento como si le pinchasen. Eran muchas parejas en camino tan corto. El *roder* le tranquilizó. Habían concentrado la fuerza del distrito por el viaje de don José.

Pero un poco más allá encontraron la tercera pareja, que, como las anteriores, siguió lentamente al carruaje, y el carnicero no pudo contenerse más. Aquello le olía mal. ¡*Bolsón*, aún era tiempo! A bajar enseguida; a huir por entre los campos hasta ganar la sierra. Si nada iba con él, podía volver por la noche a casa.

—*Sí, siñor Quico, sí* —decían las mujeres asustadas.

Pero el *siñor Quico* se reía del miedo de aquellas gentes.

—*Arrea, tartanero... arrea.*

Y la tartana siguió adelante, hasta que de repente saltaron al camino quince o veinte guardias, una nube de tricornios con un viejo oficial al frente. Por las ventanillas entraron las bocas de los fusiles apuntando al *roder*, que permaneció inmóvil y sereno, mientras que mujeres y chiquillos se arrojaban chillando al fondo del carruaje.

—*Bolsón*, baja o te matamos —dijo el teniente.

Bajó el *roder* con su satélite, y antes de poner pie en tierra ya le habían quitado sus armas. Aún estaba impresionado por la charla de su protector, y no pensó en hacer resistencia por no imposibilitar su famoso indulto con un nuevo crimen.

Llamó al carnicero, rogándole que corriese al pueblo para avisar a don José. Sería un error, una orden mal dada.

Vio el mocetón cómo se le llevaban a empujones a un naranjal inmediato, y salió corriendo camino abajo por entre aquellas parejas, que cerraban la retirada a la tartana.

No corrió mucho. Montado en su jaco encontró a uno de los alcaldes que habían estado en la fiesta... ¡Don José! ¿Dónde estaba don José?

El rústico sonrió como si adivinara lo ocurrido... Apenas se fue *Bolsón*, el diputado había salido a escape para Valencia.

Todo lo comprendió el carnicero: la fuga, la sonrisa de aquel tío y la mirada burlona del viejo teniente cuando el *roder* pensaba en su protector, creyendo ser víctima de una equivocación.

Volvió corriendo al huerto, pero antes de llegar, una nubecilla blanca y fina como vedija de algodón se elevó sobre las copas de los naranjos, y sonó una detonación larga y ondulada, como si se rasgase la tierra.

Acababan de fusilar a *Bolsón*.

Le vio de espaldas sobre la roja tierra, con medio cuerpo a la sombra de un naranjo, ennegrecido el suelo con la sangre que salía a borbotones de su cabeza destrozada. Los insectos, brillando al Sol como botones de oro, balanceábanse ebrios de azahar en torno de sus sangrientos labios.

El discípulo se mesó los cabellos. ¡Recristo! ¿Así se mataba a los hombres que son hombres?

El teniente le puso una mano en el hombro.

—Tú, aprendiz de *roder*, mira cómo mueren los pillos.

El *aprendiz* se revolvió con fiereza, pero fue para mirar a lo lejos, como si a través de los campos pudiera ver el camino de Valencia, y sus ojos, llenos de lágrimas, parecían decir: «Pillo, sí; pero más pillo es el que huye.»

En la boca del horno

Como en agosto Valencia entera desfallece de calor, los trabajadores del horno se asfixiaban junto a aquella boca, que exhalaba el ardor de un incendio.

Desnudos, sin otra concesión a la decencia que un blanco mandil, trabajaban cerca de las abiertas rejas, y aun así, su piel inflamada parecía liquidarse con la transpiración, y el sudor caía a gotas sobre la pasta, sin duda para que, cumpliéndose a medias la maldición bíblica, los parroquianos, ya que no con el sudor propio, se comieran el pan empapado en el ajeno.

Cuando se descorría la mampara de hierro que tapaba el horno, las llamas enrojecían las paredes, y su reflejo, resbalando por los tableros cargados de masa, coloreaba los blancos taparrabos y aquellos pechos atléticos y bíceps de gigante, que, espolvoreados de harina y brillantes de sudor, tenían cierta apariencia femenil.

Las palas se arrastraban dentro del horno, dejando sobre las ardientes piedras los pedazos de pasta, o sacando los panes cocidos, de rubia corteza, que esparcían un humillo fragante de vida; y mientras tanto, los cinco panaderos, inclinados sobre las largas mesas, aporreaban la masa, la estrujaban como si fuese un lío de ropa mojada y retorcida y la cortaban en piezas; todo sin levantar la cabeza, hablando con voz entrecortada por la fatiga y entonando canciones lentas y monótonas, que muchas veces quedaban sin terminar.

A lo lejos sonaba la hora cantada por los serenos, rasgando vibrante la bochornosa calma de la noche estival; y los trasnochadores que volvían del café o del teatro deteníanse un instante ante las rejas para ver en su antro a los panaderos, que, desnudos, visibles únicamente de cintura arriba, y teniendo por fondo la llameante boca del horno, parecían ánimas en pena de un retablo del purgatorio; pero el calor, el intenso perfume del pan y el vaho de aquellos cuerpos, dejaban pronto las rejas libres de curiosos y se restablecía la calma en el obrador.

Era entre los panaderos el de más autoridad Tono el Bizco, un mocetón que tenía fama por su mal carácter e insolencia brutal; y eso que la gente del oficio no se distinguía por buena.

Bebía, sin que nunca le temblasen las piernas ni menos los brazos; antes bien, a éstos les entraba con el calor del vino un furor por aporrear, cual si todo el mundo fuese una masa como la que aporreaban en el horno. En los ventorrillos de las afueras temblaban los parroquianos pacíficos, como si se aproximara una tempestad, cuando le veían llegar de merienda al frente de una cuadrilla de gente del oficio, que reía todas sus gracias. Era todo un hombre. Paliza diaria a la mujer; casi todo el jornal en su bolsillo, y los chiquillos descalzos y hambrientos, buscando con ansia las sobras de la cena de aquella cesta que por las noches se llevaba al horno. Aparte de esto, un buen corazón, que se gastaba el dinero con los compañeros, para adquirir el derecho de atormentarlos con sus bromas de bruto.

El dueño del horno le trataba con cierto miramiento, como si le temiera, y los camaradas de trabajo, pobres diablos cargados de familia, se evitaban compromisos sufriéndolo con sonrisa amistosa.

En el obrador, Tono tenía su víctima: el pobre *Menut*, un muchacho enclenque que meses antes aún era aprendiz, y al que los camaradas reprendían por el excesivo afán de trabajo que mostraba siempre, ansiando un aumento de jornal para poder casarse.

¡Pobre *Menut*! Todos los compañeros, influidos por esa adulación instintiva en los cobardes, celebraban alborozados las bromas que Tono se permitía con él. Al buscar sus ropas terminado el trabajo, encontrábase en los bolsillos cosas nauseabundas; recibía en pleno rostro bolas de pasta, y siempre que el mocetón pasaba por detrás de él, dejaba caer sobre su encorvado espinazo la poderosa manaza, como si se desplomara medio techo.

El *Menut* callaba resignado. ¡Ser tan poquita cosa ante los puños de aquel bruto, que le había tomado como un juguete!

Un domingo por la noche, Tono llegó muy alegre al horno. Había merendado en la playa; sus ojos tenían un jaspeado sanguinolento, y al respirar lo impregnaba todo de ese hedor de chufas que delata una pesada digestión de vino.

¡Gran noticia! Había visto en un merendero al *Menut*, a aquel ganso que tenía delante. Iba con su novia: una gran chica. ¡Vaya con el gusano tísico! Bien había sabido escoger.

Y entre las risotadas de sus compañeros, describía a la pobre muchacha con minuciosidad vergonzosa, como si la hubiera desnudado con la mirada.

El *Menut* no levantaba la cabeza, absorto en su trabajo; pero estaba pálido, como si dentro del estómago se revolviera la merienda mordiéndole. No era el de todas las noches: también él olía a chufas, y varias veces sus ojos, apartándose de la masa, se encontraron con la mirada bizca y socarrona del tirano. De él podía decir cuanto quisiera: estaba acostumbrado; ¿pero hablar de su novia?... ¡Cristo!...

El trabajo resultaba aquella noche más lento y fatigoso. Pasaban las horas sin que adelantasen gran cosa los brazos, torpes y cansados por la fiesta, a los que la masa parecía resistirse.

Aumentaba el calor: un ambiente de irritación se esparcía en torno de los panaderos, y Tono, que era el más furioso, se desahogaba con maldiciones. ¡Así se volviera veneno todo el pan de aquella noche! Rabiar como perros a la hora en que todo el mundo duerme, para poder comer al día siguiente unos cuantos pedazos de aquella masa indecente. ¡Vaya un oficio!

Y enardecido por la constancia con que trabajaba el *Menut*, la emprendió con él, volviendo a sacar a ruedo la belleza de su novia.

Debía casarse pronto. Les convenía a los amigos. Como él era un bendito, un cualquier cosa, sin pelo de hombre siquiera... los compañeros, ¿eh?... Los buenos mozos como él harían el favor...

Y antes de terminar la frase guiñaba expresivamente sus ojos bizcos, provocando la carcajada brutal de todos los camaradas. Pero duró poco la alegría. El joven había lanzado un voto redondo, al mismo tiempo que una cosa enorme y pesada pasó silbando como un proyectil por encima de la mesa, haciendo desaparecer la cabeza de Tono, el cual vaciló y se agarró a los tableros, doblándose sobre una rodilla.

El *Menut*, con una fuerza nerviosa, jadeante el angosto pecho y trémulos los brazos, le había arrojado a la cabeza todo un montón de masa, y el mocetón, aturdido por el golpe, no sabía cómo despojarse de aquella máscara pegajosa y asfixiante.

Le ayudaron los compañeros. El golpe le había destrozado la nariz, y un hilillo de sangre teñía la blanca pasta. Pero Tono no se fijaba en ello, revolviéndose como un loco entre los brazos de sus compañeros y pidiendo a gritos que le soltasen. En eso pensaban. Todos habían visto que aquel maldito, en vez de abalanzarse sobre el *Menut*, intentaba llegar hasta el rincón donde colgaban sus ropas, buscando, sin duda, la famosa faca, tan conocida en las tabernas de las afueras.

Hasta el encargado del horno dejó quemarse una fila de panes para ayudar a contenerle, y nadie pensaba sujetar al agresor, convencidos todos de que el infeliz no había de pasar de su primer arrebato.

Apareció el dueño del horno. ¡Qué oído el de aquel tío! Le habían despertado los gritos y el pataleo, y allí estaba, casi en paños menores.

Todos volvieron a su trabajo, y la sangre de Tono desapareció en las entrañas de la pasta, vuelta a sobar.

El mocetón mostrábase benévolo, con una bondad que daba frío. No había ocurrido nada: una broma de las que se ven todos los días. Cosas de chicos, que los hombres deben perdonar. Y era sabido... ¡entre compañeros!...

Y siguió trabajando, pero con más ardor, sin levantar la cabeza, deseando acabar cuanto antes.

El *Menut* miraba a todos fijamente y se encogía de hombros con cierta arrogancia, como si, rota ya su timidez, le costara trabajo volver a recobrarla.

Tono fue el primero en vestirse y salió acompañado hasta la puerta por los buenos consejos del amo, que él agradecía con cabezadas de aprobación.

Cuando se fue el *Menut*, media hora después, los camaradas le acompañaron. Le hicieron mil ofrecimientos. Ellos se encargarían de ajustar las paces por la noche; pero mientras tanto, quieto en casa, y a evitar un mal encuentro, no saliendo en todo el día.

Despertábase la ciudad. El Sol enrojecía los aleros; retirábanse en busca del relevo los guardias de la noche, y en las calles solo se veían las huertanas cargadas de cestas camino del Mercado.

Los panaderos abandonaron al *Menut* en la puerta de su casa. Vio cómo se alejaban, y aún permaneció un rato inmóvil, con la llave en la cerraja, como si gozara viéndose solo y sin protección. Por fin se había convencido de que era un hombre; ya no sentía crueles dudas y sonreía satisfecho al recordar el aspecto del mocetón cayendo de rodillas y chorreando sangre. ¡Granuja!... ¡Hablar tan libremente de su novia! No; no quería arreglos con él.

Al dar la vuelta a la llave oyó que le llamaban:

—*¡Menut! ¡Menut!*

Era Tono, que salía de detrás de una esquina. Mejor: le esperaba. Y junto con un temblorcillo instintivo, experimentó cierta satisfacción. Le dolía que le perdonasen el golpe, como si fuera él un irresponsable.

Al ver la actitud agresiva de Tono, púsose en guardia, como un gallito encrespado, pero los dos se contuvieron, notando que llamaban la atención de algunos albañiles que con el saquito al hombro pasaban camino del andamio.

Se hablaron en voz baja, con frialdad, como dos buenos amigos, pero cortando las palabras como si las mordieran. Tono venía a arreglar rápidamente el asunto: todo se reducía a decirse dos palabritas en sitio retirado. Y como hombre generoso, incapaz de ocultar la extensión de la entrevista, preguntó al muchacho:

—*¿Pòrtes ferramenta?*

¿Él herramienta? No era de los guapos que van a todas horas con la navaja sobre los riñones. Pero tenía arriba un cuchillo que fue de su padre, e iba por él: un momento de espera nada más. Y abriendo el portal, se lanzó por la angosta escalerilla, llegando en un vuelo a lo más alto.

Bajó a los pocos minutos, pero pálido e inquieto. Le había recibido su madre, que estaba arreglándose para ir a misa y al Mercado. La pobre vieja extrañaba aquella salida, y había tenido que engañarla con penosas mentiras. Pero ya estaba él allí con todo su arreglo. Cuando Tono quisiera... ¡andando!

No encontraban una calle desierta. Abríanse las puertas, arrojando la fétida atmósfera de la noche, y las escobas arañaban las aceras, lanzando nubecillas de polvo en los rayos oblicuos de aquel Sol rojo, que asomaba al extremo de las calles como por una brecha.

En todas partes guardias que les miraban con ojos vagos, como si aún no estuvieran despiertos; labradores que, con la mano en el ronzal, guiaban su carro de verduras, esparciendo en las calles la fresca fragancia de los campos; viejas arrebujadas en su mantilla, acelerando el paso como espoleadas por los esquilones que volteaban en las iglesias próximas; gente, en fin, que al verles metidos en el negocio, chillaría o se apresuraría a separarles. ¡Qué escándalo! ¿Es que dos hombres de bien no podían pegarse con tranquilidad en toda una Valencia?

En las afueras, el mismo movimiento. La mañana, con su exceso de luz y actividad, envolvía a los dos trasnochadores, como para avergonzarles por su empeño.

El *Menut* sentía cierto decaimiento, y hasta probó a hablar. Reconocía su imprudencia. Había sido el vino y su falta de costumbre; pero debían pensar como hombres, y lo pasado... pasado. ¿No pensaba Tono en su mujer y los chiquillos, que podían quedar más desamparados que estaban? Él aún estaba viendo a su viejecita y la mirada ansiosa con que le siguió al abandonarla. ¿Qué comería la pobre si se quedaba sin hijo?

Pero Tono no le dejó acabar. ¡Gallina! ¡Morral! ¿Y para contarle todo aquello iban vagando por las calles? Ahora mismo le rompía la cara.

El *Menut* se hizo atrás para evitar el golpe. También él mostró deseos de agarrarse allí mismo; pero se contuvo viendo una tartana que se aproximaba lentamente, balanceándose sobre los baches de la ronda y con su conductor todavía adormecido.

—¡Che, tartanero... para!

Y abalanzándose a la portezuela, la abrió con estrépito e invitó a subir a Tono, que retrocedía con asombro. Él no tenía dinero: ni esto. Y metiéndose una uña entre los dientes, tiraba hacia afuera.

El joven quería terminar pronto. «Yo pagaré.» Y hasta ayudó a subir a su enemigo, entrando después de él y subiendo con presteza las persianas de las ventanillas.

—¡Al Hospital!

El tartanero se hizo repetir dos veces la dirección, y como le recomendaban que no se diera prisa, dejó rodar perezosamente su carruaje por las calles de la ciudad.

Oyó ruido detrás de él, gritos ahogados, choque de cuerpos, como si se rieran haciéndose cosquillas, y maldijo su perra suerte, que tan mal comenzaba el día. Serían borrachos, que, después de pasar la noche en claro, en un arranque de embriaguez llorona no querían meterse en la cama sin visitar algún amigote enfermo. ¡Cómo le estarían poniendo los asientos!

La tartana pasaba lenta y perezosa por entre el movimiento matinal. Las vacas de leche, de monótono cencerro, husmeaban sus ruedas; las cabras, asustadas por el rocín, apartábanse sonando sus campanillas y balanceando sus pesadas ubres; las comadres, apoyadas en sus escobas, miraban con curiosidad aquellas ventanillas cerradas, y hasta un municipal sonrió maliciosamente, señalándola a unos vecinos. ¡Tan temprano y ya andaban por el mundo amores *de contrabando*!

Cuando entró en el patio del Hospital, el tartanero saltó de su asiento, y acariciando su caballo esperó inútilmente que bajasen aquel par de borrachos.

Fue a abrir, y vio que por el estribo de hierro se deslizaban hilos de sangre.

—¡Socorro! ¡Socorro! —grito abriendo de un golpe.

Entró la luz en el interior de la tartana. Sangre por todas partes. Uno en el suelo, con la cabeza junto a la portezuela. El otro caído en la banqueta, con el cuchillo en la mano y la cara blanca como de papel mascado.

Acudieron las gentes del Hospital, y manchándose hasta los codos, vaciaron aquella tartana, que parecía un carro del Matadero cargado de carne muerta, rota, agujereada por todas partes.

El milagro de San Antonio

Hacía años que Luis no había visto las calles de Madrid a las nueve de la mañana.

A esta hora comenzaban a dormir todos sus amigos del Casino; pero él, en vez de meterse en la cama, había cambiado de traje y se dirigía a la Florida, mecido por el dulce vaivén de su elegante carruaje.

Al volver a su casa después de amanecido, le habían entregado una carta traída en la noche anterior. Era de aquella desconocida que mantenía con él extraña correspondencia durante dos semanas. Una inicial por firma y la letra de carácter inglés, fina, correcta e igual a la de todas las que han sido pensionistas del Sacré Cœur. Hasta su mujer la tenía así. Parecía que era ella la que le escribía citándole a las diez en la Florida, frente a la iglesia de San Antonio. ¡Qué disparate!

Hacíale gracia pensar, mientras marchaba a una cita de amor, en su mujer, aquella Ernestina cuyo recuerdo raras veces venía a turbar las alegrías de su vida de soltero, o como decía él, de marido *emancipado*. ¿Qué haría ella a tales horas? Cinco años que no se veían, y apenas si tenía noticias suyas. Unas veces viajaba por el extranjero; otras sabía que estaba en provincias, en casa de viejos parientes, y aunque residía largas temporadas en Madrid, nunca se habían encontrado. Esto no es París ni Londres; pero resulta suficientemente grande para que no se tropiecen nunca dos personas cuando una hace la vida de mujer abandonada, visitando más las iglesias que los teatros, y la otra se agita en el mundo de noche y vuelve a casa todos los días a la hora en que el frac arrugado y la pechera abombada se impregnan del polvo que levantan los barrenderos y del humo de las buñolerías.

Se casaron muy jóvenes, casi unos niños, y los revisteros mundanos hablaron mucho de aquella hermosa pareja que todo lo tenían para ser felices: ricos y casi sin familia. Primero, los arrebatos de pasión: una dicha que, encontrando estrecho el elegante nido de los recién casados, paseaba su insolencia feliz por los salones, para dar envidia al mundo; después, la monotonía, el cansancio, la separación lenta e insensible, sin dejar por eso de amarse; a él le atraían sus amistades de soltero, y ella protestaba con escenas y choques que hacían odiosa para Luis la vida conyugal. Ernestina

93

quiso vengarse haciendo sentir celos a su marido; se entregó con entusiasmo a tan peligroso juego y tuvo sus coqueteos comprometedores con cierto *attaché* de legación americana, que hasta alcanzaron visos de infidelidad.

Bien sabía Luis que la cosa no tenía malicia, pero ¡qué demonio! él no servía para casado, le abrumaba aquella vida, y aprovechó la ocasión, tomando el asunto en serio. Con el americano se arregló, propinándole una estocada leve; ¡pobre muchacho! ¡qué gran servicio le había prestado sin saberlo! y de Ernestina se separó sin escándalo, sin intervenciones judiciales. Ella con sus parientes, con quien le diese la gana, y él otra vez a su cuarto de soltero, como si nada hubiese pasado y sus dos años de matrimonio fuesen un largo viaje por el país de las quimeras.

Ernestina no se resignaba, y se revolvió queriendo volver a él. Le amaba de veras; lo pasado eran niñadas, ligerezas; pero aun cuando esto halagaba a Luis, provocaba su indignación como una amenaza a su libertad, milagrosamente recobrada. Por esto oponía la más terminante negativa a los señores respetables, antiguos amigos de la familia, que su mujer le enviaba como embajadores; ella misma fue varias veces a la casa, sin conseguir que le franqueasen la puerta, y tan tenaz era la resistencia de Luis, que hasta dejó de asistir a ciertas reuniones, adivinando que allí protegían a su esposa, y algún día procurarían que se encontrasen *casualmente.*

¡Bueno era él para ablandarse! Era un marido ultrajado, y ciertas cosas ¡vive Dios! nunca se olvidan.

Pero su conciencia de buen muchacho le replicaba con dureza:

—Tú eres un pillo, que finges ultrajes por conservar tu libertad. Te presentas como marido infeliz para seguir soltero, haciendo infelices de veras a otros maridos. Te conozco, egoísta.

Y la conciencia no se engañaba. Sus cinco años de emancipación habían sido para él muy alegres; sonreía recordando sus éxitos, y ahora mismo pensaba con fatuidad en aquella desconocida que le aguardaba: alguna mujer que le habría conocido en los salones y tenía interés en rodear de misterio su pasión. Ella había tomado la iniciativa en una carta insinuante; después mediaron preguntas y respuestas en las planas de anuncios de los periódicos ilustrados, y por fin aquella cita, a la que acudía Luis con la ansiedad que despierta lo desconocido.

El carruaje se detuvo ante San Antonio de la Florida. Bajó Luis, haciendo seña a su cochero de que esperase. Había entrado a su servicio cuando él vivía aún con Ernestina; era el eterno testigo de sus aventuras; le seguía, fiel y obediente, en todas las correrías de su *viudez*, pero pensaba con envidia en los pasados tiempos, deseando trasnochar menos.

Buena mañana de primavera; la gente alegre gritaba en los merenderos; pasaban por entre la arboleda, rápidos como pájaros de colores, los encorvados ciclistas con sus camisetas rayadas; por la parte del río sonaban cornetas, y sobre el follaje enjambres de insectos, ebrios de luz, moscardoneaban brillando como chispas de oro. Luis, influido por el sitio, pensaba en Goya y en las duquesas graciosas y atrevidas que, vestidas de majas, venían a sentarse bajo aquellos árboles, con sus galanes de capa de grana y sombrero de medio queso. ¡Aquellos eran buenos tiempos!

Las toses insistentes y maliciosas de su cochero le avisaron. Una señora bajaba del tranvía y se dirigía al encuentro de Luis. Vestía de negro y el velillo del sombrero cubría su cara. Esbelta y de gracioso andar, sus caderas movíanse con armónica cadencia, y a cada paso resonaba el *fru-fru* de la fina ropa interior.

Luis percibía el mismo perfume de la carta que guardaba en su bolsillo. Sí, *era ella*. Pero cuando estuvo a pocos pasos, el movimiento de sorpresa de su cochero le avisó antes que su vista.

—¡Ernestina!

Creyó en una traición. Alguien había avisado a su mujer. ¡Qué situación tan ridícula!... ¡Y la otra que iba a llegar!

—¿A qué vienes?... ¿Qué buscas?

—Vengo a cumplir mi promesa. Te cité a las diez, y aquí estoy.

Y Ernestina añadió con triste sonrisa:

—A ti, Luis, para verte hay que apelar a estratagemas que repugnan a una mujer honrada.

¡Cristo! ¡Y para tener este encuentro desagradable había salido de casa tan temprano! ¡Citado por su propia mujer! ¡Cómo reirían los amigos del Casino al saber aquello!

Dos lavanderas se pararon en el camino a corta distancia, con pretexto de descansar, sentándose sobre sus talegos de ropa. Querían oír algo de lo que se decían aquellos señoritos.

—¡Sube!... ¡Sube! —dijo Luis a su esposa con acento imperioso. Le irritaba lo ridículo de la escena.

El coche emprendió la marcha carretera de El Pardo arriba, y los esposos, con la cabeza reclinada en el paño azul de la tendida capota, se espiaban sin mirarse, como abrumados por la situación y sin atreverse uno de los dos a ser el primero en hablar.

Ella comenzó. ¡Ah, la maldita! Era un muchacho con faldas; siempre lo había dicho Luis; por esto la huía, teniéndola mucho miedo; porque a pesar de su dulzura de gatita cariñosa y sumisa, acababa siempre por imponer su voluntad. ¡Señor! ¡Y qué educación dan en esos colegios franceses!

—Mira, Luis... pocas palabras. Te quiero, y vengo decidida a todo. Eres mi marido y contigo debo vivir. Trátame como quieras; pégame... te querré como esas mujeres que admiten los golpes como prueba de cariño. Lo que te digo es que eres mío y no te suelto. Olvidemos lo pasado y aún podemos ser felices. Luis, Luis mío, ¿qué mujer puede quererte como la tuya?

¡Vaya un modo de entrar en materia! Él quería callar, mostrarse altivo y desdeñoso, fatigarla con su frialdad, para que le dejara tranquilo; pero aquellas palabras le pusieron fuera de sí.

¿Volver a unirse? ¡Enseguida! ¿Acaso estaba loco?... ¡Ah, señora! Olvida usted sin duda que hay cosas que jamás se perdonan; cosas... En fin, que quien bien está, que no se mueva. Ellos no servían para casados, *no congeniaban*; bastaba recordar el infierno en que se desarrollaron sus últimos meses de matrimonio. Él se encontraba bien; a ella no le probaba mal la separación, pues estaba más hermosa que antes (palabra de honor, señora), y sería una locura deshacer por tonterías lo que el tiempo había hecho sabiamente.

Pero ni el ceremonioso *usted* ni las razones de Luis convencían a la *señora*. Ella no podía seguir así. Ocupaba en la sociedad una posición muy equívoca; casi la igualaban con mujeres infieles; era objeto de declaraciones y asiduidades que la sublevaban; creíanla una joven alegre y fácil, sin cariño ni familia; iba de una parte a otra, como el Judío errante. Di, Luis, ¿es esto vivir?

Pero como a Luis le habían dicho esto mismo todos los que fueron a hablarle en favor de Ernestina, lo escuchaba como quien oye una música antigua y empalagosa.

Vuelto casi de espaldas a su mujer, miraba el camino, los Viveros, bajo cuyas arboledas bullía una alegre multitud. Los pianos de manubrio lanzaban sus chillonas notas, semejantes al parloteo de pájaros mecánicos. Valses y polcas formaban el acompañamiento de aquella voz triste que dentro del carruaje relataba sus desdichas. Luis pensaba que el sitio para el encuentro había sido escogido con premeditación. Todo hablaba allí del amor legítimo sometido a reglamentación oficial. Aquí, dos bodas; en el restaurant de más allá, otras; en último termino, un cortejo nupcial, zarandeándose al compás de los pianos con la panza repleta de peleón. Aquello repugnaba a Luis. ¡Todo Dios se casaba!... ¡Qué brutos! ¡Cuánta gente inexperta queda en el mundo!

Atrás se quedaron los Viveros con sus regocijadas bodas; los valses sonaban lejanos, como vagos estremecimientos del aire, y Ernestina seguía infatigable, hablando cada vez más cerca del oído de su esposo.

Ella viviría tranquila, sin molestarle, si no existieran los celos. Porque ella se sentía celosa. Sí, Luis; ríe cuanto quieras; celosa desde hacía un año, en vista de sus amoríos y sus escándalos. Lo sabía todo; su vida entre bastidores, sus apasionamientos momentáneos y ruidosos por mujerzuelas que se le comían la fortuna; hasta le habían dicho que tenía hijos. ¿Podía permanecer tranquila? ¿No debía defender la posesión de su marido, que era lo único que tenía en el mundo?

Luis ya no estaba de espaldas, sino de frente, soberbio y magnífico. ¡Ah, señora! ¡Y cuán mal la aconsejaban sus amigos! Él hacía su santa voluntad, ¿estamos? No tenía que dar cuentas a nadie, pues de darlas, también tendría que exigírselas a ella, y... ¡recuerde usted, señora! Piense si siempre ha sido fiel a sus deberes.

Y mientras enumeraba sus desdichas, que en el fondo no le importaban un comino, y llamaba infidelidades a lo que fueron imprudentes coqueterías, todo con voz y ademanes que recordaban sus abonos en el Español y la Comedia, Luis iba fijándose en su mujer.

¡Qué hermosa estaba la indina! Ya no era aquella muchacha bonita, pero débil y delicada, que tenía horror al oscu, no queriendo enseñar lo saliente de sus clavículas. Los cinco años de separación habían hecho de ella una mujer adorable, espléndida, con las redondeces, el color y la suavidad de un fruto de primavera. ¡Lástima que fuese su mujer! ¡Cómo debían desearla los que no estaban en su caso!

—Sí, señora. Puedo hacer lo que guste y no tengo que dar cuenta de mis acciones... Además, cuando se tiene el corazón destrozado, hay que aturdirse, olvidar, y yo tengo derecho a todo... a todo, ¿lo entiende usted? para olvidar que he sido muy desgraciado.

Le encantaban sus palabras, pero no pudo seguir. ¡Qué calor! El Sol metía sus rayos por debajo de la capota; el ambiente parecía impregnado de fuego, y el obligado contacto dentro del carruaje comenzaba a comunicarle el suave y voluptuoso calor de aquel cuerpo adorable... ¡Qué desgracia que aquella mujer tan hermosa fuese Ernestina!

Era una mujer nueva. Experimentaba junto a ella impresiones solo sentidas en su época de noviazgo. Se veía aún en aquel vagón del *exprès* que años antes los había llevado a París, ebrios de dicha y palpitantes de deseo.

Y ella, con aquella facilidad que siempre había tenido para leer sus pensamientos, se aproximaba a él, tierna y sumisa como una víctima, pidiendo el martirio a cambio de un poco de cariño, arrepintiéndose de sus pasadas ligerezas, propias de la inexperiencia, y acariciándolo con el perfume de su aliento, aquel mismo perfume de la carta que, estremeciéndole, envolvía su cerebro en humareda embriagadora.

Luis huía de todo contacto; se recogía como doncella medrosica en su asiento. El recuerdo de los amigotes era su única defensa. ¿Qué diría su amigo el marqués, un verdadero filósofo, que, contento con su libertad de marido divorciado, saludaba a su mujer en la calle y besaba a los niños nacidos mucho después de la separación? Aquel era un hombre. Había que terminar una escena que juzgaba ridícula.

—No, Ernestina —dijo por fin, tuteando a su mujer—. Nunca nos uniremos. Te conozco: todas sois iguales. Es mentira lo que dices. Sigue tu camino, como si no nos conociéramos...

Pero no pudo continuar. Su mujer le volvía ahora la espalda. Lloraba descansando la cabeza en el respaldo del asiento, y su enguantada mano introducía el pañuelo bajo el velillo para secarse las lágrimas.

Luego hizo un gesto de fastidio. ¡Lagrimitas a él!... Pero no; lloraba de veras, con toda su alma, con quejidos de angustia y estremecimientos nerviosos que conmovían todo su cuerpo.

Arrepentido de su brutalidad, dio orden al cochero de detener el carruaje. Estaba fuera de la Puerta de Hierro; no pasaba nadie en aquel momento por el camino.

—Trae agua... cualquier cosa. La señorita está enferma.

Y mientras el cochero corría a un ventorro inmediato, Luis intentó tranquilizar a su mujer.

—Vamos, Ernestina, serenidad. No es para tanto. Esto es ridículo. Pareces una niña.

Pero ella aún gemía cuando llegó el cochero con una botella llena de agua. En la precipitación había olvidado el vaso.

—No importa, bebe.

Ernestina cogió la botella y se levantó el velillo. Ahora la veía bien su marido. Nada de menjurjes de tocador, como en los tiempos que frecuentaba el mundo: su cutis, tratado al agua fría, tenía una palidez fresca, de rosada transparencia.

Luis se fijó en aquellos labios adorables, que se fruncían para ajustarse al cuello de la botella. Bebía con dificultad. Una gota se escapaba resbalando lentamente por la barbilla redonda y graciosa. Rodaba con pereza, enredándose en la imperceptible película de la epidermis. Él la seguía con la vista, aproximándose cada vez más. ¡Iba a caer!... ¡Ya caía!

Pero no cayó; pues Luis, sin saber casi lo que hacía, la recogió en sus labios, se sintió cogido por los brazos de su mujer, que lanzaba un grito de sorpresa, de loco júbilo.

—Por fin... Luis mío... ¡Si yo ya lo decía! ¡Si eres muy bueno!

Y con la tranquila serenidad de los que no tienen por qué ocultar su amor, se besaron ruidosamente, sin fijarse en el asombro de la mujer del ventorrillo que recogió la botella.

El cochero, sin aguardar órdenes, arreó los caballos camino de Madrid.

—Ya tenemos ama —murmuraba soltando latigazos a sus bestias—. A casa pronto, antes que el señorito se arrepienta.

El coche volaba por la carretera con la arrogancia de un carro triunfal, y en su interior, los dos esposos, agarrados del talle, mirábanse con pasión. El sombrero de Luis estaba a sus pies, y ella le acariciaba la cabeza, despeinándole: el juego favorito de su Luna de miel.

Y Luis reía, encontrando el suceso graciosísimo.

—Nos van a tomar por novios impacientes. Creerán que escapamos de los Viveros por estar solos y libres de convidados.

Al pasar frente a San Antonio, Ernestina, reclinada en un hombro de su esposo, se incorporó.

—Mira: ese es quien ha hecho el milagro de unirnos. De soltera le rezaba pidiéndole un buen marido, y por segunda vez me protege, dándome mi Luis.

—No, vida mía: el milagro lo has hecho tú con tu belleza.

Ernestina dudó algunos instantes, como si temiera hablar, y por fin dijo con maliciosa sonrisa:

—¡Ah, señor mío! No creas que me engañas. Lo que te vuelve a mí no es el amor tal como yo lo quiero; es eso que llaman mi belleza y los deseos que en ti despierta. Pero he aprendido bastante en estos años de consuelo y soledad. Ya verás, Luis mío. Seré muy buena; te querré mucho... Me tomas como una amante; pero con bondad y con cariño, yo he de conseguir que me adores como a esposa.

Venganza moruna

Casi todos los que ocupaban aquel vagón de tercera conocían a Marieta, una buena moza vestida de luto, que, con un niño de pechos en el regazo, estaba junto a una ventanilla, rehuyendo las miradas y la conversación de sus vecinas.

Las viejas labradoras la miraban, unas con curiosidad y otras con odio, a través de las asas de sus enormes cestas y de los fardos que descansaban sobre sus rodillas, con todas las compras hechas en Valencia. Los hombres, mascullando la tagarnina, lanzábanla ojeadas de ardoroso deseo.

En todos los extremos del vagón hablábase de ella relatando su historia.

Era la primera vez que Marieta se atrevía a salir de casa después de la muerte de su marido. Tres meses habían pasado desde entonces. Sin duda sentía miedo a *Teulaí*, el hermano menor de su marido, un sujeto que a los veinticinco años era el terror del distrito; un amante loco de la escopeta y la valentía que, naciendo rico, había abandonado los campos para vivir unas veces en los pueblos, por la tolerancia de los alcaldes, y otras en la montaña, cuando se atrevían a acusarle los que *le querían mal*.

Marieta parecía satisfecha y tranquila. ¡Oh, la mala piel! Con un alma tan negra, y miradla qué guapetona, qué majestuosa; parecía una reina.

Los que nunca la habían visto se extasiaban ante su hermosura. Era como las vírgenes patronas de los pueblos: la tez, con pálida transparencia de cera, bañada a veces por un oleaje de rosa; los ojos negros, rasgados, de largas pestañas; el cuello soberbio, con dos líneas horizontales que marcaban la tersura de la blanca carnosidad; alta, majestuosa, con firmes redondeces, que al menor movimiento poníanse de relieve bajo el negro vestido.

Sí, era muy guapa. Así se comprendía la locura de su pobre marido.

En vano se había opuesto al matrimonio la familia de Pepet. Casarse con una pobre, siendo él rico, resultaba un absurdo; y aún lo parecía más al saberse que la novia era hija de una bruja, y por tanto, heredera de todas sus malas artes.

Pero él firme que firme. La madre de Pepet murió del disgusto; según decían las vecinas, prefirió irse del mundo antes que ver en su casa a la hija de la *Bruixa*; y *Teulaí*, con ser un perdido que no respetaba gran cosa el honor de la familia, casi riñó con su hermano. No podía resignarse a tener por cuñada una buena moza que, según afirmaban en la taberna testigos presenciales (y allí la reunión era de lo más respetable), preparaba malas bebidas, ayudaba a sacar a su madre las mantecas a los niños vagabundos para confeccionar misteriosos ungüentos, y la untaba los sábados a medianoche, antes de salir volando por la chimenea.

Pepet, que se reía de todo, acabó casándose con Marieta, y con esto fueron de la hija de la bruja sus viñas, sus algarrobos, la gran casa de la calle Mayor y las onzas que su madre guardaba en los arcones del *estudi*.

Estaba loco. Aquel par de lobas le habían dado alguna mala bebida, tal vez *polvos seguidores*, que, según afirmaban las vecinas más experimentadas, ligan para siempre con una fuerza infernal.

La bruja, arrugada, de ojillos malignos, que no podía atravesar la plaza del pueblo sin que los muchachos la persiguieran a pedradas, se quedó sola en su casucha de las afueras, ante la cual no pasaba nadie por la noche sin hacer la señal de la cruz. Pepet sacó a Marieta de aquel antro, satisfecho de tener como suya la mujer más hermosa del distrito.

¡Qué manera de vivir! Las buenas mujeres lo recordaban con escándalo. Bien se veía que el tal casamiento era por arte del Malo. Apenas si Pepet salía de su casa: olvidaba los campos, dejaba en libertad a los jornaleros, no quería apartarse ni un momento de su mujer; y las gentes, a través de la puerta entornada o por las ventanas siempre abiertas, sorprendían los abrazos; los veían persiguiéndose entre risotadas y caricias, en plena borrachera de felicidad, insultando con su hartura a todo el mundo. Aquello no era vivir como cristianos. Eran perros furiosos persiguiéndose, con la sed de la pasión nunca extinguida. ¡Ah, la grandísima perdida! Ella y la madre le abrasaban las entrañas con sus bebidas.

Bien se veía en Pepet, cada vez más flaco, más amarillo, más pequeño, como un cirio que se derretía.

El médico del pueblo, único que se burlaba de brujas, bebedizos y de la credulidad de la gente, hablaba de separarles como único remedio. Pero los dos siguieron unidos; él cada vez más decaído y miserable; ella engordando, rozagante y soberbia, insultando a la murmuración con sus aires de soberana. Tuvieron un hijo, y dos meses después murió Pepet lentamente, como luz que se extingue, llamando a su mujer hasta el último momento, extendiendo hacia ella sus manos ansiosas.

¡La que se armó en el pueblo! Ya estaba allí el efecto de las malas bebidas. La vieja se encerró en su casucha temiendo a la gente; la hija no salió a la calle en algunas semanas y los vecinos oían sus lamentos. Por fin, algunas tardes, desafiando las miradas hostiles, fue con su niño al cementerio.

Al principio le tenía cierto miedo a *Teulaí*, el terrible cuñado, para el cual matar era ocupación de hombres, y que, indignado por la muerte del hermano, hablaba en la taberna de hacer pedazos a la mujer y a la bruja de la suegra. Pero hacía un mes que había desaparecido. Estaría con los *roders* en la montaña, o los *negocios* le habrían llevado al otro extremo de la provincia. Marieta se atrevió, por fin, a salir del pueblo; a ir a Valencia para sus compras... ¡Ah, la señora! ¡Qué importancia se daba con el dinero de su pobre marido! Tal vez buscaba que los señoritos le dijesen algo, viéndola tan guapetona...

Y zumbaba en todo el vagón el cuchicheo hostil; las miradas afluían a ella, pero Marieta abría sus ojazos imperiosos, sorbía aire ruidosamente con gesto de desprecio, y volvía a mirar los campos de algarrobos, los empolvados olivares, las blancas casas, que huían trazando un círculo en torno del tren en marcha, mientras el horizonte inflamábase al contacto del Sol, que se hundía entre espesos vellones de oro.

Detúvose el tren en una pequeña estación, y las mujeres que más habían hablado de Marieta se apresuraron a bajar, echando por delante sus cestas y capazos.

Unas se quedaban en aquel pueblo y se despedían de las otras, de las vecinas de Marieta, que aún tenían que andar una hora para llegar a sus casas.

La hermosa viuda, con el niño en brazos y apoyando en la fuerte cadera la cesta de las compras, salió de la estación con paso lento. Quería que la adelantasen en el camino aquellas comadres hostiles; que la dejasen marchar sola, sin tener que sufrir el tormento de sus murmuraciones.

En las calles del pueblo, estrechas, tortuosas y de avanzados aleros, había poca luz. Las últimas casas extendíanse en dos filas a lo largo de la carretera. Más allá veíanse los campos, que azuleaban con la llegada del crepúsculo, y a lo lejos, sobre la ancha y polvorienta faja del camino, marcábanse como un rosario de hormigas las mujeres que, con los fardos en la cabeza, marchaban hacia el inmediato pueblo, cuya torre asomaba tras una loma su montera de tejas barnizadas, brillantes con el último reflejo de Sol.

Marieta, brava moza, sintió repentinamente cierta inquietud al verse sola en el camino. Éste era muy largo, y cerraría la noche antes que llegase a su casa.

Sobre una puerta balanceábase el ramo de olivo, empolvado y seco, indicador de una taberna. Bajo de él, y de espaldas al pueblo, estaba un hombre pequeño, apoyado en el quicio y con las manos en la faja.

Marieta se fijó en él... Si al volver la cabeza resultase que era su cuñado, ¡Dios mío, qué susto! Pero segura de que estaba muy lejos, siguió adelante, saboreando la cruel idea del encuentro, por lo mismo que lo creía imposible, temblando al pensar que fuese *Teulaí* el que estaba a la puerta de la taberna.

Pasó junto a él sin levantar los ojos.

—*Buenas tardes, Marieta.*

Era él... Y la viuda, ante la realidad, no experimentó la emoción de momentos antes. No podía dudar. Era *Teulaí*, el bárbaro de sonrisa traidora, que la miraba con aquellos ojos más molestos y crueles que sus palabras.

Contestó con un *¡hola!* desmayado, y ella, tan grande, tan fuerte, sintió que las piernas le flaqueaban y hasta hizo un esfuerzo para que el niño no cayera de sus brazos.

Teulaí sonreía socarronamente. No había por qué asustarse. ¿No eran parientes? Se alegraba del encuentro; la acompañaría al pueblo, y por el camino hablarían de algunos asuntos.

—*Avant, avant* —decía el hombrecillo.

Y la mocetona siguió tras él, sumisa como una oveja, formando rudo contraste aquella mujer grande, poderosa, de fuertes músculos, que parecía arrastrada por *Teulaí*, enteco, miserable y ruin, en el cual únicamente delataban el carácter los alfilerazos de extraña luz que despedían sus ojos. Marieta sabía de lo que era capaz. Hombres fuertes y valerosos habían caído vencidos por aquel mal bicho.

En la última casa del pueblo una vieja barría canturreando su portal.

—¡*Bòna dòna, bòna dòna!* —gritó *Teulaí*.

La buena mujer acudió, tirando la escoba. Era demasiado célebre el cuñado de Marieta en muchas leguas a la redonda para no ser obedecido inmediatamente.

Cogió al niño de brazos de su cuñada, y sin mirarlo, como si quisiera evitar un enternecimiento indigno de él, lo pasó a los brazos de la vieja, encargándole su cuidado... Era asunto de media hora: volverían pronto por él, en cuanto terminasen cierto encargo.

Marieta rompió en sollozos y se abalanzó al niño para besarle. Pero su cuñado tiró de ella.

—*Avant, avant.*

Se hacía tarde.

Subyugada por el terror que inspiraba aquel hombrecillo venenoso a cuantos le rodeaban, siguió adelante, sin el niño y sin la cesta, mientras la vieja, santiguándose, se apresuraba a meterse en casa.

Apenas si se distinguían como puntos indecisos en el blanco camino las mujeres que marchaban al pueblo. Los pardos vapores del anochecer extendíanse a ras de los campos, la arboleda tomaba un tono de oscuro azul, y arriba, en el cielo, de color violeta, palpitaban las primeras estrellas.

Continuaron en silencio algunos minutos, hasta que Marieta se detuvo con una decisión inspirada por el miedo... Lo que tuviera que decirle, lo mismo podía ser allí que en otra parte. Y la temblaban las piernas, balbuceaba y no se atrevía a alzar los ojos por no ver a su cuñado.

A lo lejos sonaban chirridos de ruedas; voces prolongadas se llamaban a través de los campos, rasgando el silencioso ambiente del crepúsculo.

Marieta miraba con ansiedad el camino. Nadie. Estaban solos ella y su cuñado.

Éste, siempre con su sonrisa infernal, hablaba con lentitud... Lo que tenía que decirle era que rezase; y si sentía miedo, podía echarse el delantal por la cara. A un hombre como él no le mataban un hermano impunemente.

Marieta se hizo atrás, con la expresión aterrada del que despierta en pleno peligro. Su imaginación, ofuscada por el miedo, había concebido antes de llegar allí las mayores brutalidades; palizas horrorosas, el cuerpo magullado, la cabellera arrancada, pero... ¡rezar y taparse la cara! ¡Morir! ¡Y tal enormidad dicha tan fríamente!...

Con palabra atropellada, temblando y suplicante, intentó enternecer a *Teulaf*. Todo eran mentiras de la gente. Había querido con el alma a su pobre hermano, le quería aún; si había muerto fue por no creerla a ella, a ella que no había tenido valor para ser esquiva y fría con un hombre tan enamorado.

Pero el valentón la escuchaba acentuando cada vez más su sonrisa, que era ya una mueca.

—¡*Calla, filla de la Bruixa*!

Ella y su madre habían muerto al pobre Pepet. Todo el mundo lo sabía; le habían consumido con malas bebidas... Y si él la escuchaba ahora sería capaz de embrujarlo también. Pero no; él no caería como el tonto de su hermano.

Y para probar su firmeza de hiena, sin otro amor que el de la sangre, cogió con sus manos huesosas la cara de Marieta, la levantó para verla más de cerca, contemplando sin emoción las pálidas mejillas, los ojos negros y ardientes que brillaban tras las lágrimas.

—¡*Bruixa... envenenaora*!

Pequeñín y miserable en apariencia, abatió de un empujón a la buena moza; hizo caer de rodillas aquella soberbia máquina de dura carne, y retrocediendo buscó algo en su faja.

Marieta estaba anonadada. Nadie en el camino. A lo lejos los mismos gritos, el mismo chirriar de ruedas: cantaban las ranas en una charca inmediata; en los ribazos alborotaban los grillos, y un perro aullaba lúgubremente allá en las últimas casas del pueblo. Los campos hundíanse en los vapores de la noche.

Al verse sola, al convencerse de que iba a morir, desapareció toda su arrogancia de buena moza; se sintió débil como cuando era niña y le pegaba su madre, y rompió en sollozos.

—¡*Mátam, mátam*! —gimió echándose a la cara el negro delantal, enrollándolo en torno de su cabeza.

Teulaf se acercó a ella impasible, con una pistola en la mano. Aún oyó la voz de su cuñada gimiendo a través de la negra tela con lamentos de niña, rogándole que la rematase pronto, que no la hiciera sufrir intercalando sus súplicas entre fragmentos de oraciones que recitaba atropelladamente. Y como hombre experimentado, buscó con la boca de la pistola en aquel envoltorio negro, disparando los dos cañones a la vez.

Entre el humo y los fogonazos viose a Marieta erguirse como impulsada por un resorte y desplomarse con un pataleo de agonía que desordenó sus ropas.

En la masa negra e inerte quedaron al descubierto las blancas medias de seductora redondez, estremeciéndose con el último estertor.

Teulaí, tranquilo como hombre que a nadie teme y cuenta en último término con un refugio en la montaña, volvió al inmediato pueblo en busca de su sobrino, satisfecho de su hazaña.

Al tomar al pequeñuelo de manos de la aterrada vieja, casi lloró.

—¡*Pobret*! ¡*pobret meu*! —dijo besándole.

Y su conciencia de tío inundábase de satisfacción, seguro de haber hecho por el pequeño una gran cosa.

La pared

Siempre que los nietos del tío *Rabosa* se encontraban con los hijos de la viuda de *Casporra* en las sendas de la huerta o en las calles de Campanar, todo el vecindario comentaba el suceso. ¡Se habían mirado!... ¡Se insultaban con el gesto!... Aquello acabaría mal, y el día menos pensado el pueblo sufriría un nuevo disgusto.

El alcalde con los vecinos más notables predicaban paz a los mocetones de las dos familias enemigas, y allá iba el cura, un vejete de Dios, de una casa a otra recomendando el olvido de las ofensas.

Treinta años que los odios de los *Rabosas* y *Casporras* traían alborotado a Campanar. Casi en las puertas de Valencia, en el risueño pueblecito que desde la orilla del río miraba a la ciudad con los redondos ventanales de su agudo campanario, repetían aquellos bárbaros, con un rencor africano, la historia de luchas y violencias de las grandes familias italianas en la Edad Media. Habían sido grandes amigos en otro tiempo; sus casas, aunque situadas en distinta calle, lindaban por los corrales, separados únicamente por una tapia baja. Una noche, por cuestiones de riego, un *Casporra* tendió en la huerta de un escopetazo a un hijo del tío *Rabosa*, y el hijo menor de éste, porque no se dijera que en la familia no quedaban hombres, consiguió, después de un mes de acecho, colocarle una bala entre las cejas al matador. Desde entonces las dos familias vivieron para exterminarse, pensando más en aprovechar los descuidos del vecino que en el cultivo de las tierras. Escopetazos en medio de la calle; tiros que al anochecer relampagueaban desde el fondo de una acequia o tras los cañares o ribazos cuando el odiado enemigo regresaba del campo; alguna vez un *Rabosa* o un *Casporra* camino del cementerio con una onza de plomo dentro del pellejo, y la sed de venganza sin extinguirse, antes bien, extremándose con las nuevas generaciones, pues parecía que en las dos casas los chiquitines salían ya del vientre de sus madres tendiendo las manos a la escopeta para matar a los vecinos.

Después de treinta años de lucha, en casa de los *Casporras* solo quedaba una viuda con tres hijos mocetones que parecían torres de músculos. En la otra estaba el tío *Rabosa*, con sus ochenta años, inmóvil en un sillón de esparto, con las piernas muertas por la parálisis, como un arrugado ídolo de la venganza, ante el cual juraban sus dos nietos defender el prestigio de la familia.

Pero los tiempos eran otros. Ya no era posible ir a tiros como sus padres en plena plaza a la salida de misa mayor. La Guardia civil no les perdía de vista; los vecinos les vigilaban, y bastaba que uno de ellos se detuviera algunos minutos en una senda o en una esquina para verse al momento rodeado de gente que le aconsejaba la paz. Cansados de esta vigilancia que degeneraba en persecución y se interponía entre ellos como infranqueable obstáculo, *Casporras* y *Rabosas* acabaron por no buscarse, y hasta se huían cuando la casualidad les ponía frente a frente.

Tal fue su deseo de aislarse y no verse, que les pareció baja la pared que separaba sus corrales. Las gallinas de unos y otros, escalando los montones de leña, fraternizaban en lo alto de las bardas; las mujeres de las dos casas cambiaban desde las ventanas gestos de desprecio. Aquello no podía resistirse; era como vivir en familia, y la viuda de *Casporra* hizo que sus hijos levantaran la pared una vara. Los vecinos se apresuraron a manifestar su desprecio con piedra y argamasa, y añadieron algunos palmos más a la pared. Y así, en esta muda y repetida manifestación de odio, la pared fue subiendo y subiendo. Ya no se veían las ventanas; poco después no se veían los tejados; las pobres aves del corral estremecíanse en la lúgubre sombra de aquel paredón que las ocultaba parte del cielo, y sus cacareos sonaban tristes y apagados a través de aquel muro, monumento del odio, que parecía amasado con los huesos y la sangre de las víctimas.

Así transcurrió el tiempo para las dos familias, sin agredirse como en otra época, pero sin aproximarse: inmóviles y cristalizadas en su odio.

Una tarde sonaron a rebato las campanas del pueblo. Ardía la casa del tío *Rabosa*. Los nietos estaban en la huerta; la mujer de uno de éstos en el lavadero, y por las rendijas de puertas y ventanas salía un humo denso de paja quemada. Dentro, en aquel infierno que rugía buscando expansión, estaba el abuelo, el pobre tío *Rabosa*, inmóvil en su sillón. La nieta se mesaba los cabellos, acusándose como autora de todo por su descuido; la gente arremolinábase en la calle, asustada por la fuerza del incendio. Algunos, más valientes, abrieron la puerta, pero fue para retroceder ante la bocanada de denso humo cargada de chispas que se esparció por la calle.

–¡*El agüelo*! *¡El pobre agüelo*! –gritaba la de los *Rabosas* volviendo en vano la mirada en busca de un salvador.

Los asustados vecinos experimentaron el mismo asombro que si hubieran visto el campanario marchando hacia ellos. Tres mocetones entraban corriendo en la casa incendiada. Eran los *Casporras*. Se habían mirado cambiando un guiño de inteligencia, y sin más palabras se arrojaron como salamandras en el enorme brasero. La multitud les aplaudió al verles reaparecer llevando en alto como a un santo en sus andas al tío *Rabosa* en su sillón de esparto. Abandonaron al viejo sin mirarle siquiera, y otra vez adentro.

–¡No, no! –gritaba la gente.

Pero ellos sonreían siguiendo adelante. Iban a salvar algo de los intereses de sus enemigos. Si los nietos del tío *Rabosa* estuvieran allí, ni se habrían movido ellos de casa. Pero solo se trataba de un pobre viejo, al que debían proteger como hombres de corazón. Y la gente les veía tan pronto en la calle como dentro de la casa, buceando en el humo, sacudiéndose las chispas como inquietos demonios, arrojando muebles y sacos para volver a meterse entre las llamas.

Lanzó un grito la multitud al ver a los dos hermanos mayores sacando al menor en brazos. Un madero, al caer, le había roto una pierna.

–¡Pronto una silla!

La gente, en su precipitación, arrancó al viejo *Rabosa* de su sillón de esparto para sentar al herido.

El muchacho, con el pelo chamuscado y la cara ahumada, sonreía ocultando los agudos dolores que le hacían fruncir los labios. Sintió que unas manos trémulas, ásperas, con las escamas de la vejez, oprimían las suyas.

–¡*Fill meu*! ¡*Fill meu*! –gemía la voz del tío *Rabosa*, quien se arrastraba hacia él.

Y antes que el pobre muchacho pudiera evitarlo, el paralítico buscó con su boca desdentada y profunda las manos que tenía agarradas, y las besó, las besó un sinnúmero de veces, bañándolas con lágrimas.

Ardió toda la casa. Y cuando los albañiles fueron llamados para construir otra, los nietos del tío *Rabosa* no les dejaron comenzar por la limpia del terreno, cubierto de negros escombros. Antes tenían que hacer un trabajo más urgente: derribar la pared maldita. Y empuñando el pico, ellos dieron los primeros golpes.

FIN

Libros a la carta

A la carta es un servicio especializado para

empresas,

librerías,

bibliotecas,

editoriales

y centros de enseñanza;

y permite confeccionar libros que, por su formato y concepción, sirven a los propósitos más específicos de estas instituciones.

Las empresas nos encargan ediciones personalizadas para marketing editorial o para regalos institucionales. Y los interesados solicitan, a título personal, ediciones antiguas, o no disponibles en el mercado; y las acompañan con notas y comentarios críticos.

Las ediciones tienen como apoyo un libro de estilo con todo tipo de referencias sobre los criterios de tratamiento tipográfico aplicados a nuestros libros que puede ser consultado en Linkgua-ediciones.com .

Linkgua edita por encargo diferentes versiones de una misma obra con distintos tratamientos ortotipográficos (actualizaciones de carácter divulgativo de un clásico, o versiones estrictamente fieles a la edición original de referencia).

Este servicio de ediciones a la carta le permitirá, si usted se dedica a la enseñanza, tener una forma de hacer pública su interpretación de un texto y, sobre una versión digitalizada «base», usted podrá introducir interpretaciones del texto fuente. Es un tópico que los profesores denuncien en clase los desmanes de una edición, o vayan comentando errores de interpretación de un texto y esta es una solución útil a esa necesidad del mundo académico.

Asimismo publicamos de manera sistemática, en un mismo catálogo, tesis doctorales y actas de congresos académicos, que son distribuidas a través de nuestra Web.

El servicio de «libros a la carta» funciona de dos formas.

1. Tenemos un fondo de libros digitalizados que usted puede personalizar en tiradas de al menos cinco ejemplares. Estas personalizaciones pueden ser de todo tipo: añadir notas de clase para uso de un grupo de estudiantes,

introducir logos corporativos para uso con fines de marketing empresarial, etc. etc.

2. Buscamos libros descatalogados de otras editoriales y los reeditamos en tiradas cortas a petición de un cliente.